そんなはず、ない

椎崎夕

CONTENTS ✦目次✦

そんなはず、ない

✦カバーデザイン＝ chiaki-k（コガモデザイン）

✦ブックデザイン＝まるか工房

イラスト・八千代ハル✦

そんなはず、ない

■　■

──いくら何でも、想定外すぎる。


「あ、小日向《こひなた》さんだ！　本当にここだったんですねー。意外っ」

「おはようございますっ。引っ越し大変だろうし、お手伝いに来ましたっ」

「もう荷物届いたんですか？　だったら荷ほどき手伝いますよー」

きゃいきゃいと華やいだ声を上げているのは、職場の後輩たちだ。見事な冬晴れの下、アパート二階の千紘《ちひろ》の部屋の玄関を塞《ふさ》ぐように三人並んで立っている。

「えーと……今日、おれがここに引っ越すって誰から聞いたのかな？」

小一時間前に新居となるこの部屋に着いたのも、三十分前に荷物を受け取ったのも事実だが、職場でそれと公言した覚えはない。

怪訝《けげん》に思いつつ笑みを作った千紘に、今年度の新入社員でもある三人組は揃《そろ》ってきょとんとした。うちひとりが、首を傾《かし》げて言う。

「佐山《さやま》さんです。えっと、先々月に異動してきた時に、小日向さんが個人的に指導されてた」

「そう」

公言した覚えはないが、転居届なら一昨日出した。以前の住まいを退去したのが一昨日《おととい》で、その後二晩ホテル住まいを経ての引っ越しだったためだが、そのあたりの事情も提出先の総務担当者には伝えた。

つまり、引っ越し日時もこのアパートの所在地も、総務担当者しか知らないはずなのだ。

「ほら、見てください。エプロンも持ってきたんですよっ」

自慢げな声で我に返ると、ひとりがバッグからそれらしき青い布を引っ張り出していた。張り合うように、高い声が続く。

「あ、あたしもっ」

「わたしもです。念のためと思って雑巾も持って来たんですけど、これじゃあ足りないかもですね」

あっけらかんとした物言いに悪意は見えないが、だからといっていい気分がするわけもない。なので、千紘は軽く肩を竦《すく》める。

「ありがたいけど、手伝いはいらないかな。気持ちだけで十分だよ」

「え、でもお掃除しないとですよね。前のお部屋で、とも思ってたんだけど、ここも相当汚そうだし」

「遠慮しないでくださいよー。ここまで汚いと、きっちりお掃除しないとでしょ」

「駅からの途中にスーパーもあったし、ついでにお昼ごはんも作っちゃいますから……って、でもここのキッチンで作るのかあ……」

「だからそれは必要ないって。それより声を落としてくれないかな。まだ十時にもなってない――」

先走る声に辟易《へきえき》して言いかけた時、横合いから「おい」という地を這《は》うような声がした。

数メートル離れた隣室のドアが開いて、ぼさぼさ頭の男がこちらを見ていた。年齢的には千紘より少し年上だろうか、無表情なのに疲労の色が濃い。

「近所迷惑だ。騒ぐな静かにしろ」

「あ、すみません。すぐに――」

千紘の返事を最後まで聞かず、大きな音を立ててドアが閉じる。取り付く島もない反応に呆気《あっけ》に取られていると、すぐ傍《そば》で高い声が上がった。

「え。何、今の」

「やだ怖い。ねえ小日向さん、このアパートって大丈夫なんですか？　正直、見た目からして怪しすぎません？」

「あんな変な人が隣にいるとか……そもそもここって小日向さんには似合わないと思うんですけど」

厭《いや》そうに囀《さえず》る女の子たちに、千紘はため息まじりに軽く反論する。

「そうかな。レトロな雰囲気だし、結構気に入ってるけど」

「レトロっていうか、ただ古いだけのぼろぼろじゃないですかー。今時もインターホンないとか、あり得ないですよう」

「築何年だか知りませんけど、そこの階段も錆《さ》びてたし、屋根だって今にも落ちそうに見えますし。掃きだめに鶴っていうか、小日向さんのイメージじゃないです」

「もっとお洒落《しゃれ》でモダンなとこの方が似合いますってば。ロフトつきのデザイナーズとか」

「……あのねえ」

またしても暴走を始めた会話にうんざりしていると、隣のドアが再び荒々しく開いた。顔を出した男が、伸びすぎた前髪の間からじろりと睨《にら》んでくる。

「オンボロアパートで悪かったな。気に入らなきゃとっとと退去しろ」

「あ」

「や」

「ひっ」

叩《たた》き壊す気かという勢いで閉じたドアに、三人は悲鳴のような声を上げる。手を取り合って固まった様子を見下ろして、千紘は長いため息をついた。

「……ここをどう思おうがきみたちの自由だけど、いくら何でも失礼じゃないかな?」

「え、でもお」

「だって、通りから見たらここって本当に廃屋……」

「住んでる場所を貶《けな》されたら、誰だっていい気はしないよ。あと、さっきも言ったけど朝から騒がれるのは近所迷惑だよね？」

声を落として言ったついでに、目顔で隣のドアをさす。さすがに反論する気はないらしく、揃って黙った彼女らに言った。

「とりあえず、ここを離れようか」

「え、でも」

「小日向さん、引っ越し……」

「すぐ支度して行くから、下で静かに待ってて」

口調を強めた千紘に俯《うつむ》いた三人が、悄然《しょうぜん》と階段へと歩き出す。それを見届けて室内に取って返すと、財布と鍵を手にして再び玄関に引き返した。


ひとまずの行き先は最寄り駅前の、女性が好みそうなサンドイッチ専門店にした。

道々はしゅんとしていた面々は、けれどテーブルにあったセットメニューを見るなり目を輝かせた。華やかな声を上げてオーダーするのに続いて、千紘もモーニングプレートを頼む。

寝坊したせいで、朝食を食べそびれていたのだ。ひとまず腹ごしらえと、全員のプレートがきれいになるまで待ってからおもむろに言った。

「……それで、どうして事前連絡もなくうちに来たの?」

「えっ」

「あ」

「その、」

今の今まで笑っていた三人の顔が、一瞬で固くなる。顔を見合わせた後、ひとりがおずおずと言った。

「えっと、昨夜の忘年会の時に佐山さんが……ひとりでの引っ越しは大変だろうねって」

「手伝いに行ったら小日向さんも喜ぶはずだ、って」

「あらかじめ連絡したら絶対遠慮して断られるだろうし、どうせならサプライズの方が面白いって、言われたんです。その、小日向さんもそういうの好きだからって」

「それは佐山くんの勘違い。おれ、サプライズって苦手なんだ。それと、彼には今日引っ越すことも、アパートの住所も教えてない。プライベートの話をするほどのつきあいもない」

「え」

「え、と……?」

静かに言った千紘に、女の子たちは困ったように互いの顔を見た。

この三人に、懐かれている自覚はある。配属直後から視線を感じていたし、前回の展示会で千紘のチームに配属されてからは何かと声をかけてくるようになってもいた。

とはいえ、それはあくまで職場での話だ。プライベートでの関わりはいっさいなかった。

「え、と……でも小日向さん、ラウンジとか廊下でよく佐山さんと話し込んでますよ、ね？」

「ランチとかも、しょっちゅうご一緒されてるの見ます、し」

「あと、佐山さんが異例の異動で戸惑ってた時に小日向さんに助けてもらったって……大好きだし尊敬してるって」

「だからって、プライベートでも親しいとは限らないよね。彼には週明けにでも注意しておくけど、きみたちも今後は気をつけて」

「佐山さんに注意、しちゃうんですか……？」

話題の佐山は、彼女たちより二年先輩になる。入社直後に店舗スタッフとして配属されていたのをイレギュラー的に見出され、時期はずれの先月に異動してきた。滅多《めった》にないその経緯に若手スタッフの多くが憧れ、次は自分だと気炎を上げている。

その佐山の言だからこそ、彼女たちは鵜呑《うの》みにしてしまったのだろう。そして千紘が注意することで彼がどう思うかを気にしている。

「大丈夫。彼も勘違いしてたのかもしれないし、そこはうまく言うよ」

宥《なだ》めるように言うと、ようやく安堵《あんど》したらしい。息を吐いて、思い出したように言った。

「あ。でも佐山さん、週明けからしばらく不在って聞きました」

「チーフがわざわざ時間取って勉強に連れて行ってくれる……だっけ」

「え、それ出張に同行するんじゃなかったの？」

際限なく続きそうな話を適当な頃合いで終わらせ、彼女たちを促して店を出た。最寄り駅の改札口まで、見送りという名の強制送還に付き添う。

「あの、……すみません、でした」

「邪魔するつもりじゃあ、なかったんです」

文句が出るか逆ギレされるかと思っていたのが、意外なことに半泣きで謝罪された。それを宥めて見送ったものの、後味はとてもよくない。

引っ越しの片付けを算段しながら、アパートへと引き返す。その途中、真向かいからやってくる長身を認めて脚が止まった。

「あ、――」

先ほど顔を合わせたばかりの、隣人だ。ぼさぼさと長くて表情を半ば隠す髪と、それでもわかる仏頂面は見間違えようがない。

ふと顔を上げた男と、まともに目が合う。とたんに顔を背けられ、すれ違いざまに送った黙礼はものの見事に無視された。

「嫌われた、かあ……無理もない、よな」

ため息交じりに、千紘《ともひろ》は帰り着いたアパートで片付けにかかる。荷物はさほど多くないため、室内に明かりを灯す頃には一応の整理をすませ掃除機もかけ終えていた。

「あとは挨拶回り、か」

後輩たちが言ったように、このアパートは古い。築年数は軽く五十年を超えているとかで、間取りは2DKだが収納は奥の部屋の押し入れのみ、風呂も浴室内に設備がある旧式だし、台所の湯沸かしもシンク上に丸見えだ。洗濯機置き場に至っては台所の片隅にぽつんと洗濯パンがあり、水は都度都度にホースで引く仕様になっている。玄関にインターホンはなく、ドアスコープの性能は以前のマンションより格段に落ちる。施錠は旧式の鍵とチェーンだ。

そうした設備の関係か、借り手がなかなかいないのだそうだ。全体の三分の一は空き部屋で住人のほとんどが高齢者だと、これは契約時に不動産業者から聞いた。

(ああ、でもおひとりだけ、若い人がいますよ)

要するに、唯一共通の話題があるかもしれない相手と初日にやらかしてしまったわけだ。シャワーと身支度をすませ、一階から順に挨拶して回る、大仰にならない程度に丁重にしたのに、どの部屋でも判で押したように目を丸くされた上、返事も「ああ」とか「はあ」ばかりだ。唯一まともだった台詞《せりふ》が「あんた本気でここに住むの」「物好きな」で、ついでのように胡散《うさん》臭げな顔をされるのはなにゆえか。

「あと一軒、か」

土曜日の宵という頃合いが幸いしてか、ほぼ全戸への挨拶が無事終わった。残るは例の隣だけだ。気合いを入れて隣のドアをノックすると、ややあってそろりと細く開いた。

「こ、――」

「誰？」

んばんは、と続けるはずの声が途切れたのは、顔を出したのが見知らぬ少年だったせいだ。高校生くらいだろうか、人形のように整った童顔でまじまじと千紘を見たかと思うと、唐突に表情を険しくした。

「何あんた。ここに何の用」

「……いや、隣に引っ越してきたので挨拶を、と」

「ああ、朝っぱらから女三人連れで煩《うるさ》くされて迷惑だって言ってたやつ。いいトシしたオッサンがそんなんで恥ずかしくないいんだ？」

唐突に喧嘩《けんか》腰だが、相手は子どもだ。ついでに近所とのトラブルは面倒の元でもある。なので、千紘はにっこり笑顔で受け流す。

「そのお詫《わ》びも兼ねて来たんだけど。きみもこの部屋の住人？」

「そうだけど、何か文句でもあんの？　そっちこそ十二月も半ばに引っ越しとか、何か疚《やま》しいことでもあるんじゃないの。前のとこで女絡みの面倒起こして居づらくなったとかさ」

「あー……」

思わず出た声を肯定と受け取ったらしく、少年はきりきりと眉を吊り上げた。

「うわ最低。そんなもんいらないからとっとと出てけよ。こっちだっていい迷惑だ」

「信《しん》？　おい、何やって――……は？　何だあんた、何しに来た？」

奥からひょいと顔を出したのは、今朝のあの男だ。ぼさぼさ頭を面倒そうにかき回し、絵に描いたような仏頂面を向けてきた。それへ丁重に、笑顔のままで包みを差し出した。

「朝は失礼しました。隣に入居した小日向です。今回はご挨拶に」

「は、挨拶？　今時？」

「仕事の関係で、時折深夜に出入りすることがありますので。そのお断りも兼ねて」

不動産業者から聞いていた以上に、このアパートは音が抜けやすい。階段の上り降りなど、室内にいても丸わかりだ。仕事の期限次第で深夜や早朝の出入りがあることを思えば、きちんと断っておくべきだろう。

けれど男は露骨に顔を顰《しか》めた。千紘の頭のてっぺんから足元までを眺め上げ、眺め下ろして言う。

「昼夜問わず女連れで騒がれたんじゃ迷惑なんだが？　こんなオンボロじゃなく、もっと似合いのデザイナーズマンションでも探した方がいいんじゃないのか」

「今後はないよう、厳重注意します」

「ねえ京《きょう》、そいつ何？　すごい胡散臭くて厭だからとっとと追い出したいんだけどっ」

「は？　おいちょ、待っ」

唐突に口を挟《はさ》んだ少年が、男の襟首を摑《つか》んで喚《わめ》く。そこから始まった侃々諤々《かんかんがくがく》の言い合いに、そっちの方が近所迷惑じゃないのかと思った。半分見物気分になりながら立ち去るタイミングを計っていると、横合いから聞き覚えのある声がする。

「千紘？　何やってんの、そんなとこで」

数メートル先の自宅ドアの前に、見知った人が立っていた。肩まで届くくせのない髪に、シャープな印象のツーピースにコートを重ねた彼女は三十そこそこにしか見えないが、実は千紘より一回りほど年上になる。

「加世子《かよこ》さん？　どうしたんですか、急に」

「ん？　引っ越しの陣中見舞いに。ついでに一緒に飲もうと思って」

当然とばかりに掲げてみせた紙袋には、有名ワインのロゴが入っている。

相変わらずの唐突さに苦笑した時、すぐ傍で侮蔑めいた声がした。

「最っ悪。三人侍《はべ》らせるだけじゃ飽き足らず年増にまで手出すんだ、この色呆《いろぼ》けジジイ」

「え」

鼻先で乱雑に閉じたドアを唖然《あぜん》と見ていると、「あらー」と困ったような声がした。

「ごめん？　もしかしてわたし、余計なことやらかした……？」

「いいえ、大丈夫です。けどどうしたんですか、いきなり」

「だから陣中見舞い。いいワインが手に入ったから、引っ越し祝いに一緒に飲もうと思って」

持ち上げた紙袋を揺らして笑う加世子は、続柄で言えば千紘の叔母《おば》に当たる。とはいえ、母親の再婚相手の妹なので血の繋《つな》がりはない。付け加えればその婚姻もすでに解消済みのため、「かつて義理の叔母だった人」というのが一番正しい。

「今気がついたんだけど、もしかしてまだ片付けが終わってなかったりする？」

「一段落してますよ。さほど荷物も多くありませんし」

「はやっ。でも、じゃあ今夜も千紘のごはんっ」

期待に目を輝かせた加世子に、千紘は苦笑いした。

「すみませんが、それは無理ですね。買い物ができていなくて、冷蔵庫が空なんです」

「えええええ……えー……ああ、でもそっか。今日引っ越しだもんねえ……」

落胆もあらわに言う加世子は本日飲む気満々だったらしく、電車と徒歩で来たのだそうだ。

受け取ったワインを自宅に置いて、肩を並べて駅前に出た。向かった先は、賑《にぎ》やかな商店街から路地一本入った先にあるダイニングバーだ。週末の夜だけあって混んでいたものの、数分待ったところで窓際の席に案内される。

濃い木目がアクセントになった店内を、加世子は興味津々で見回した。

「こぢんまりしてるけど、いい感じのお店ね。誰かに教わったの？」

「引っ越す前にリサーチしておいたんです。外食一辺倒になる時期がありますからね」

「だったら期待していいかー。それで仕事はどう？　順調？」

「まあまあですね。加世子さんは忙しいんじゃあ？」

まあねえ、と加世子が頷《うなず》いたタイミングで、女性店員がオーダーを取りに来た。伝えたメニューの一種類に時間がかかるというのを了承したついでににっこり笑顔を振りまくと、おそらく千紘より年上だろう店員は狼狽《うろた》えたように顔を赤くする。しどもどとオーダーを復唱し、よろよろと離れていった。

「……千紘ねえ、そうやって行く先々で人を誑《たら》すのってどうなの」

「誰が誑してるんですか。笑顔と愛想は対人関係の基本って言うでしょう」

「それって誰の台詞……まあ、玖美《くみ》さんよねえ。よく仕込まれてるっていうか」

「その言い方って不穏じゃないです？」

玖美、というのは千紘の母親の名前だ。加世子にとってはかつての兄嫁に当たるが、それ以前から仕事を通じて知り合いだったという。なので現在もつきあいがあると聞く。

「ところでお隣さんと何かあったの？　引っ越し早々揉《も》めるとか、千紘らしくもない」

「社の後輩が引っ越しの手伝いに来てくれたんですが、賑やかすぎて顰蹙《ひんしゅく》を買ったようです」

「あらー……って、けど千紘がそんなの呼ぶとは思えないんだけど？」

「サプライズのつもりだったようですよ。必要なかったのでそのまま帰しましたけど」

肩を竦めた千紘に、加世子は目を丸くした。

「勝手に来たってこと？　何それ、千紘もうちょっと自衛……したところで勝手に押しかけて来るものは仕方ないか。それで千紘が最低扱いされるのっておかしくない？」

「若い女の子三人組でしたからね。誑《たぶら》かしたように見えたんでしょう」

「誑かすも何も、千紘が誰かとつきあったのって専門学校の時が最後じゃない」

憤慨する加世子は、どうやら「最低」部分しか耳に入っていなかったらしい。こっそり安堵して、千紘は軽く笑ってみせる。

「女の子ってそれぞれ可愛《かわい》いじゃないですか。ひとりを選べと言われても無理ですよね」

「選ぶ気がない、の間違いでしょ。それより千紘、本気であのアパートに住む気？　さっき見た限りで言うけど、いくら何でもセキュリティがザルすぎない？」

一昨日千紘が引き払った賃貸マンションは、集合玄関がオートロックでカメラつきインターホン完備の上、敷地内随所に監視カメラがあり、昼間だけとはいえ管理人が常駐していた。それと比較すれば確かに、ザルとしか言えまい。

「たぶん長くは住まないと思いますよ。どうせ趣味の引っ越しですから」

「趣味、ねえ。――本当にそう？」

真顔で訊《き》かれて苦笑した時、最後の料理が運ばれてきた。テーブルに並べたのは先ほどオーダーを取った女性店員で、千紘と目が合うなりまた顔を赤くする。一応の礼儀として目礼すると、飛び上がるようにして離れていった。

それを見送って、千紘は料理を取り分ける。加世子の前に取り皿を置きながら言った。

「本当も何も、他に何の理由があるんです？」

「……どうせ短期の引っ越しなら、玖美さんのマンションを借りたら？　彼女、当分海外なんでしょ。留守中の管理は千紘なんだし、文句は言わないと思うけど」

「遠慮しておきます。あれは母のものですし、おれには分不相応です」

加世子の言うマンションは、離婚の際の財産分与として母に贈られたものだ。立地でも設備でも超がつく高級物件のため、たまに管理に出向くだけでも落ち着かない。

「だったらうちに来る？　部屋は余ってるし、気が向いた時に料理作ってくれたら家賃光熱費食費なしにするわよー？」

そう言う加世子が住むマンションは、件《くだん》の母の住まいから一駅と近い。何度か訪れたことがあるが、未《いま》だキッチンが未使用だったはずだ。

「加世子さん、おれをツバメにしたいんですか」

「千紘なら大歓迎だけど？」

胸を張って言い切られて、さすがに苦笑した。

「遠慮しておきます。ついさっき、胡散臭い色呆《いろぼ》けジジイと言われたばかりなので」

「は？　さっきって、それ隣の人が言ったの？　あり得ないんだけど」

「でも加世子さん、さっきおれのこと人誑しって言ってましたよね？」

「それとこれとは話が別」

言い切った加世子が食事に戻るのを横目に、千紘は窓ガラスへと目を向ける。夜を映して鏡となったそこに見えるのは、色が薄く軽いくせのある髪を首の後ろで束ねた優男だ。ほどけば肩にかかる髪は、男にしては明らかに長めだ。実父譲りの薄い目の色と相俟《あいま》って悪目立ちする原因となり、高校卒業まではずっと「染めた上にパーマ」を疑われた。

顔立ちは日本人の母親似だけれど、彼女は未だ現役のモデルだ。若い頃にはオリエンタル美女と評され、テレビCMにも出ていたという彼女は、年齢を重ねた今も数多《あまた》の男性と浮名を流している。

母親と似た顔をしているからか、もとからの雰囲気がそうなのか。千紘自身も幼い頃から「似たようなもの」――つまり女性を手玉に取る遊び人のように扱われてきた。諸々の煩《わずら》わしさにあえて特定の相手を作って来なかったにもかかわらず、職場での現在進行形の噂《うわさ》が「複数の恋人がいる」「手当たり次第」「来る者拒まず去るもの追わず」だ。

平気とは言わないが、経験値から判断するに抗議も弁明も無駄だ。なのでとうに諦めた。

「あー美味《おい》しかった！　けど飲み足りない！　千紘んちでワインで二次会しよっ？」

食事を終えてダイニングバーを出るなり、腕を組んできた加世子に強請《ねだ》られた。上機嫌な様子に苦笑して、千紘は言う。

「あのアパートは案外音が抜けるんです。なので、飲むなら外の方がいいかと」

「じゃあどこにする？　千紘のことだし、このへんの店はリサーチ済みよね？」

期待満載の笑顔で見上げられて、これは仕方ないと観念した。それに――こうして気にかけてもらった上、様子まで見に来てもらえたのは素直に嬉《うれ》しい。

「少しだけですよ。加世子さん、明日も仕事だって言ってたでしょう」

「えー、何なの千紘その堅い言い草……孝典《たかのり》にそっくりー」

「え、それはちょっと」

むう、と唇を尖《とが》らせた彼女が口にしたのは、加世子の甥《おい》であり千紘のかつての義兄あり、今現在千紘が最も苦手としている人の名前だ。なのでつい否定の声を上げてしまった。

「そういえば千紘、そろそろうちに来る気ない？」

「それはさっき断りましたよね」

「住まいじゃなくて仕事先。へっどはんてぃんぐ、してるんだけど？」

じ、と見上げて言う加世子は、大きく括《くく》れば千紘と同業だ。他との提携があるとはいえ、自身で会社と立ち上げていて、こうして誘われるのも実は初めてではない。

「遠慮しておきます。今のところで十分満足してますから」

「……それも、本当？」

「本当ですよ」

笑顔で返したのに、加世子は微妙な顔のままだ。じーっと千紘を眺めたかと思うと短く息を吐き、唐突に話を引き戻す。

「どのへんのお店？　歩いて行ける？　それともタクシー？」

「ヒールだときついかもですね。タクシーにしましょう」

言って、千紘は車道側に寄る。「空車」の表示をしたタクシーに向かって手を上げた。

■　■

新しい部屋は、予想外に快適だった。

音が抜けやすいとはいえ、東隣と下は空室だ。西側が例の隣人の住まいなわけだが、意外にも生活音はそこまで響いて来ない。音楽とテレビ用にヘッドホンを買ったこともあってか、現時点ではこちらへの苦情も届いていない。

古いからこその造りは悪くないし、畳敷きの部屋も気に入った。これまでより狭くなった台所も、慣れてしまえば使い勝手が悪いとは思わない。通勤時間が倍増した代わり、ずっと悩まされていた「些末《さまつ》」はきれいになくなった。

そんな中、唯一引っかかりがあるとすれば――。

「……おはようございます」

「げっ、朝からさいてー」

出勤のため玄関を出てドアを施錠していると、隣人たちが出てきた。

千紘の挨拶に、未だ苗字すら知らない男は無言のままふいと顔を背けた。その脇にくっつき彼のコートを摑んだ少年は、とても厭そうな顔で睨んでくる。

「なあ京、早く早くー。急がないと間に合わないっ」

「いや待て、そもそもおまえが寝坊したんだろうが」

「でもオレ着替えは早いもんっ」

コートの背中を引っ張られながら施錠を終えた男が、今度はぐいぐいと腕を引かれて走り出す。千紘の脇をすり抜け、派手な音を立てて階段を駆け下りた。駐車場の一角に停まっていた紺の車に慌ただしく乗り込み、見るからに慣れた運転で飛び出していく。

「……台風一過」

毎度のことだが、あれだけの勢いで出ていくのにもかかわらず、どうして千紘の外出とかち合うのか。おかげで毎日ルーチンのように、千紘は少年に睨まれ男に無視されている。

「加世子さんのアレも関係ある、んだろうなあ……どうも、間が悪いっていうか」

遡《さかのぼ》ること四日前、引っ越し当日の夕食に続いて訪れたバーで、珍しく加世子が悪酔いした。べったりと千紘に懐いて動かなくなったためタクシーで彼女宅まで送ったのだが、肝心の加世子がどうしても降りてくれなかった。それで仕方なく近くのシティホテルに回ってもらったら、あり得ない駄々を捏《こ》ねられた。

(やだあちひろのへやがいいなんでほてるー)

宥めてもすかしても無駄だった。最終的にタクシードライバーの困惑顔に負け、自宅の住所を告げた、わけだが。

「まさか、部屋の前で鉢合わせるとか」

加世子を抱えてどうにか階段を上がり、玄関を開けて中に入ろうとした時に、隣から外出するらしい少年が出てきたのだ。

（うっわ、酔い潰《つぶ》した女の人連れ込むとか、さいってい）

侮蔑交じりに吐き捨てられ、見送りにか玄関先に出ていた男にも露骨な渋面を見せられた。しつこく罵倒《ばとう》する少年を宥めて送り出してくれたのは助かったが、こちらを見もせず閉じたドアには「関わりたくない」という意図が丸見えだった。

「加世子さんを、恨む気はないけどさ……」

あの翌朝、二日酔いで目覚めた加世子は平謝りの上、千紘を某ホテルまで連れ出した。それなりの値段のモーニングをご馳走《ちそう》になった時点で、千紘にとってはプラスマイナスプラスだ。何しろ彼女には返しきれない恩がある。それに発端は引っ越しの朝のアレだ。

「あらー、おはよう男前さん。これからお仕事？」

「あ、はい。おはようございます……？」

ため息交じりに階段を降りたとたん、一階の住人に声をかけられた。それはいいが、肝心の声の主が何やら必死だ。総白髪で背中が丸まったご高齢の女性が、持ち出したらしい踏み台の上でぴちぴちと跳ねている。

今にも落ちそうな様子が気がかりで、そのまま近づいた。きょとんと見てきた彼女の手から雑巾を受け取り、浴室窓の上をざっと拭く。

「あらあ、ありがとう男前さん。おかげで助かったわー。そこ、いつも手が届かなくてねえ」

「ですけど、踏み台の上で飛ぶと危ないですよ」

「知ってるけど気になるのよねえ。ありがとう、助かったわあ。こんなとこ、若い人は嫌がるでしょうにわざわざ越してきたからどんな物好きかと思ったけど」

皺《しわ》を刻んで、けれどそこが可愛い笑みで「いい男なのねえ」と言われた。遠慮もないが邪気もない物言いに毒気を抜かれて、千紘はつい笑ってしまう。

「結構快適ですし、気に入ってますよ。先日炬燵《こたつ》を買ったんですが、アレいいですねえ」

「いいでしょー？　ってより男前さん、本当に今まで炬燵知らなかったの？」

「日常的に使ったことがなかったんです」

興味津々の顔と物言いだが、やっぱり邪気がないので不快さがない。当たり障りなく話を切り上げて、千紘は最寄り駅へと向かう。

同世代以外との交流が楽しいと認識したのはつい先日、やはり出勤前にあの老女から挨拶された時だ。それをきっかけに、朝夕に住人から挨拶や雑談の声がかかるようになった。

千紘に対し、興味津々なのだ。とはいえひたすら邪気がない上に、質問攻めにされてもしつこい追及はない。長話を好む住人も多いが一言断ればあっさり退《ひ》いてくれるし、そうする前に他の住人が止めに入ってくれたりする。

「今までなかったよなあ……ああいうの」

千紘の母親は住まいも家具も洋風を好むため、畳も炬燵も旅行先限定だった。父方はもちろん母方の祖父母も亡くなったため、ご老人との縁もない。

なので、千紘にとっても現状は物珍しくて新鮮なわけだ。隣人との一幕の不快さを、きれいさっぱり水に流してしまえるくらいに。

最寄り駅から電車を二度乗り換えて数分歩いた街中にあるビルの五階と四階に、千紘の職場――服飾メーカー【ＵＲＹＵ】の中でもそこそこ名の知れた女性向けブランドを統括する部署が入っている。十二月も下旬に入ったこの時季は、来春の展示会に向けて本格的な準備に入ったところだ。服飾デザイナーとして一応の固定名を持つ千紘は、そちらに向けての新しいデザインを検討している。

出社してすぐに専用の個室に入り、先週から引き続いてのデザイン案に集中する。午後にいくつかの打ち合わせをこなした後は、終業まで再びデザインに戻った。

仕事に没入してどのくらい経《た》った頃だろうか、ふっと意識がばらけた。

終業までは残り一時間強だ。そのまま続けるには肩や首の凝りが気になって、気分転換がてらラウンジで休憩することにした。

「あ、小日向さんだ。お久しぶりです！　またおこもりしてたんですねえ」

個室のドアを施錠していると、聞き覚えた声とともに後輩の佐山が駆け寄ってきた。

期待の新人と部署内で呼ばれる彼は、有能な上に好青年と評判も高い。少し長めの茶髪と快活な笑顔に親しみを覚える者が多いらしい。資料室から借り出してきたのか、分厚い布サンプルの冊子を抱えて千紘を見下ろしてきた。

「次回コンペのデザイン、どのくらい進みました？　ちょっと見せてくださいよ、今後の参考にしたいんで！」

「残念だけど、これから休憩だから」

聞き流して背を向けたのに、佐山はしつこく横についてきた。

「えー、いいじゃないですかちょっとくらい。どうせ小日向さんはコンペ関係なく採用でしょ？　だったら可愛い後輩のお願いくらい聞いてくれたって」

「可愛い子には旅をさせろって言うよね」

「じゃあオレも一緒に休憩します。実は昨日までチーフと一緒に出てたんですけど、小日向さんに聞きたいことがあって――」

出張前提の質問をされたところで、千紘に答えられるわけもない。こちらに向けるにやにや笑いからすると、明らかにわざとだ。

ここ【ＵＲＹＵ】では若い才能を育てるため、定期的に社内コンペを行っている。さらなる短縮ルートとして異動を希望する部署のトップに直接デザインを提出する、通称「直訴」

という方法も認められている。いずれも「見込みあり」と判断された時点で直接指導がつく上に場合によっては異動という名の引き抜きとなるが、大抵の者が選ぶのは「直訴」ではなくアドバイスを含んだ評価が貰《もら》えるコンペの方だ。

「小日向さん、聞いてます？　ちゃんと教えてくださいよ、オレの指導役でしょ？」

「きみの指導役はチーフで、おれはただの案内役。それももうお役御免になったはずだよ」

その「直訴」によって見出された佐山は、十月というイレギュラーな時期に異動となった。直営店スタッフからデザイナーに転身したわけだが、指導役はこの部署を統括するチーフだ。千紘は彼からの指示で、異動したての佐山に仕事の流れや基本ルールを教えたに過ぎない。

「だってチーフは忙しいじゃないですかー。昨日までさんざん時間取ってもらったのに、これ以上は言えませんよ。小日向さんには、わからないでしょうけど」

「……そのチーフから、おれに近づくなと言われてるんだよね？　だったらなおさら、他の人間に当たった方がいいんじゃないかな」

「それは小日向さんが嫌われてるだけでしょ。オレ、小日向さんしか知らないことに興味があるんです。内部の裏話とか社長や専務とか経営側の思惑とか？」

ねえねえねえ、と続ける顔は笑っているが、目には侮蔑の色がある。声音がどんなに明るくても、強請るように甘えていても違えようがない。

にもかかわらず、傍目には「仲良く」見えてしまうらしい。

「……そんなもの、おれが知ってるわけないだろ。それよりきみ、後輩の女の子たちにおれの引っ越しの手伝いしろとかサプライズがいいとか唆《そそのか》したらしいね。どういうつもり？」

「えー。唆すって、言い方ひどすぎません？」

「その前に、どうしておれの引っ越しを知ってたのかな。きみには話してないよね？」

足を止めて真っ向から見据えた千紘に、佐山は作ったような困り顔になる。

「小日向さんが自分で教えてくれたんじゃないですかー。ひとりで引っ越しはきつい、誰かに手伝ってほしいって、忘年会の時に。挨拶回りもせずに隅っこで飲んでたから酔っ払って記憶トンじゃったんじゃないです？」

悪びれたふうもなく、むしろ面白そうに笑って続けた。

「せっかく行ったのに無碍《むげ》に追い返したんですってね。それって可哀相《かわいそう》すぎません？」

「……――」

やはり無駄かと短く息を吐いた時、やや離れた場所から鋭い声がした。

「佐山。寄り道はするなと言ったはずだが？」

「あ、はいっ。すみませんっ」

今の今までにやにやと千紘を見下ろしていた佐山が、一瞬で表情を変える。すぐさま、声の主――チーフの元へと駆けていった。二言三言話し込んだかと思うと、すぐに「わかりました、すぐ行きます」と口にして離れていく。

顰めっ面でそれを見送ったチーフが、ふと思い出したようにこちらを見る。一瞬だけぶつかった視線は、毎度のことながら無機的で感情の欠片《かけら》も見えない。

部下になって数年経っても慣れない視線に、千紘はその場で控えめに会釈をする。顔を上げた時には既にチーフはこちらに背を向け歩き出していた。

ラウンジに行く気も失《う》せて、千紘は個室に引き返す。

「相変わらず、っていうか……」

チーフに嫌われているのは、今さらだ。そもそもここに就職する以前から——というより千紘が高校生の頃から、あの人は千紘とその母親を疎んじている。

（オレ、小日向さんしか知らないことに興味があるんです。内部の裏話とか社長や専務とか経営側の思惑とか？）

知る者は知っている話だが、ここ【ＵＲＹＵ】の社長は加世子の兄、つまり千紘の母親がかつて再婚していた相手だ。つまり、千紘にとってはかつての義理の父親にあたる。

チーフはその三男で、先日加世子と話題に上った人物——孝典だ。再婚には徹頭徹尾反対していた彼は、顔合わせはもちろん簡易での挙式は披露宴にも顔を出さなかった。千紘とその母親が同居すると知って、入れ替わりに自身が出ていったほどだ。

だから千紘はその数年後、【ＵＲＹＵ】の新人研修に参加した時に初めて彼と顔を合わせた。社長の離婚話が出た直後だったためだろう、険しい顔でいきなり言われた。

（無理強いのコネで入ったくせに、早々にそのコネが消えるらしいな）

立場の微妙さは自覚していたから無言で拝聴した。内定の際に母親が口にしていた「入社後すぐにデザイナーとして配属」との条件がまず叶うまいと察して、かえって安堵した。ろくな実績のない新入社員には、あり得ない待遇だからだ。にもかかわらず、蓋《ふた》を開けてみれば「デザイナーとして、三男が統括する部署への配属」が伝えられた。

破格の扱いは衆目を呼び、早々に「ゴリ押しのコネ入社」の噂が広がった。それがチーフの狙いだったのかは不明だが、おそらく彼は監視のために千紘を手元に置いたに違いない。

厳しいが、その分親身で指導が丁寧。そんな定評を持つチーフは、スタッフには気軽に声をかけ、折りに触れて指導することで知られている。

けれど、千紘は一度もその指導を受けたことがない。先ほどのように行き合っても、まず声はかからない。何しろ千紘がチーフから佐山の案内役として名指しされた時、周囲が露骨に怪訝な顔をしたくらいだ。

――あの程度のことは今さらだ。必要な伝達はきちんと届くのだし、仕事そのものに支障はない。だったら良しとすべきだろう。

妙に疲れた気分で、千紘は散らかっていた色鉛筆をケースにおさめていく。スケッチブックを開いて、今日仕上げたデザインを眺めてみた。

それでも千紘が【ＵＲＹＵ】の社員であり続ける理由はいくつかあるが、一番にはデザインの仕事が好きだからだ。頭に浮かんだものを紙に描き出すのも、それを実際の形にするため型紙を起こすのも、試作するのも楽しい。

自分の仕事が「コネ」で成り立っていることは知っている。それなりの結果が出ているからこそ維持できている立場だが、それもほとんど母親のおかげだ。

社長の意向で未だ【URYU】の看板ブランドの専属モデルをしている母親は、モデル仲間の間でもかなりの影響力がある。その歓心を得るために、あるいは彼女の息子のデザインから興味が湧いたから。動機はそれぞれでも、母親ありきで手に取る客がほとんどだ。

実力ではなく、コネと七光りの産物。それが、今の千紘への評価だ。それに対し思うことがないわけではない、けれども。

身支度をしてコートを羽織った時、いきなりスマートフォンが振動した。通話着信だ。引っ越し寸前にスマートフォンを番号ごと切り替えたため、連絡先を知る者はごくわずかだ。緊張気味に画面を眺めて、千紘はふと頬を緩ませる。耳に当てると、よく知った柔らかい声に「千紘？」と名前を呼ばれた。

「どうしたの。今日まで海外じゃなかったっけ」

『予定が代わって午前中に帰国した。引っ越したっていうから夕飯に誘いに』

「……愛梨《あいり》さん、前後の文脈が微妙に繋がってないけど」

思わず指摘した千紘に、けれど通話の向こうの声――愛梨は淡々と続ける。

『問題ない。まだ職場？　今、ビルの裏手にいる。友達とシェアしてる藤色の車。運転はわたしで、行き先も予約済み。料理もコース指定した』

「それ、誘いじゃなくて確定だろ」

言いながら、ふっと肩から力が抜ける。短く了承しながら、千紘は笑みを浮かべていた。

■　■

「ん？　先月だったはず」

いつ免許を取ったのかとの問いに、彼女——愛梨は軽く首を傾げた。危なげなくハンドルを握って、食事を終えたばかりのビストロの駐車場から幹線道路に出る。

「わたしの運転だと、不安？」

「いや全然。ちょっと意外だっただけ。それより、本気でうちに来る気？」

「もう向かってる」

夕食の席で、いきなり「このあと千紘んちを見に行く」と言われたのだ。乗り込んだ車のナビにはすでに住所が入力されていて、引っ越しと同時に住所を知らせたことを少々後悔する羽目になった。

「おれはいいけど、愛梨の立場だとまずいんじゃあ？」

「その時はその時」

　即答する愛梨は、現役のモデルだ。線が細く中性的な容貌で、ビスクドールめいた雰囲気がある。それが以前はコンプレックスだったというが、大学生の時に突発的な思いつきでモデル事務所と契約した。その初日に、たまたま事務所にいた大先輩、つまり千紘の母親に目をつけられ――もとい、気に入られた。

（お人形みたいな子でしょ。大学進学を機に独り暮らしになったっていうから、しばらくうちに置くことにしたの。もちろんアパートは解約してきたから）

　唐突な宣言に、彼女の破天荒に慣れているはずの千紘ですら唖然とした。何しろ愛梨とはまったくの初対面だった上、彼女が言う「うち」は再婚して間もない夫の持ち物だ。

　さらに愕然《がくぜん》とすることに、母親のその言い分をその夫はごくあっさり了承した。とはいえ当時の両親はどちらも多忙で留守がちだったため、実質的には愛梨と千紘の二人暮らしに近かったように思う。

　他人行儀だった関係が一気に近くなったきっかけは、千紘が描いたデザインだ。愛梨のイメージのそれを見せて意見を聞いたところから盛り上がり、気がついた時には友人というより姉弟のような関係になっていた。もちろん、恋愛的な意味では互いに対象外だ。

「急に引っ越した、ってことはまた何かあった？」

　赤信号で停車してすぐに、愛梨がこちらを向いて小首を傾げる。それを目にして、一部で彼女が「天使」と呼ばれる理由を思い知った。……中身を知る身としては正直「あり得ない」のだが、見た目の破壊力だけは疑いようがない。

「やり方があからさまになったのと、いろいろ手詰まりになったから、かな」

「あからさま。公衆電話からの無言電話、と、郵便受けに届く白紙か脅しの手紙、と、玄関先のビラと、あとを尾《つ》けられるのと？　……頻度が上がった？」

「そんなとこ。手詰まりについては、前のマンションで監視カメラの開示許可が出なかった」

嬉しくもない話だが、千紘は物心ついた頃から妙な相手につきまとわれることが多かった。小学生まではとにかく自衛に徹し、中学高校は自衛を続けつつ学内での誘いをさりげなく躱《かわ》す。それでどうにかなっていたはずが、専門学校を卒業し就職した頃からより面倒になった。

ありていに言えば、ちょくちょくつきまといや尾行、無言電話や差出人不明の手紙に悩まされるようになったのだ。とはいえ頻度はそこまで高くはなかったし、行動範囲を変えたり引っ越すことで有耶無耶《うやむや》に終わることも少なくなかった。

その頻度が唐突に跳ね上がったのは、今年の夏頃からだ。無言電話が頻繁になり、退勤時にたびたび視線を感じ、尾けられているような気配を感じる。マンションの郵便受けに白紙の、あるいは不快な写真やいかがわしい雑念の切り抜きが入った手紙が届く。オートロックの集合玄関の先、自宅ドア横の郵便受けに遠方の店のチラシや数年前の新聞がくしゃくしゃに丸めて突っ込まれる。それが、同日に複数起きるようになった。

さすがに異様さを覚えて、秋にはマンションの管理会社に監視カメラの開示を求めた。エレベーター内やホールが無理なら、自宅前が映るエレベーター前からの映像だけでいい。必要書類を作り面倒な手続きを経て申請し、半月余り待たされた結果が「却下」だった。

(他の住人の方のプライバシーもありますし。そちらの考えすぎというか、自意識過剰じゃないですか？　ずいぶん女性受けもいいみたいですしねえ？)

管理会社からの回答を聞いた瞬間に、内側で何かが弾けた。休日を待たず仕事上がりに目についた不動産業者に飛び込み、当時のマンションからは離れた場所を指定し即日で転居を決めた。突発的どころか、ほぼ衝動だけで決めたようなものだ。

「警察に相談、する気は？」

「自意識過剰とか言われるのがオチだよ。実際、前にそういうこともあったしね」

ハンドルを握ったまま、愛梨が横顔を露骨に顰める。ため息交じりに言った。

「加世子さん、や玖美さん、には」

「加世子さんには引っ越し先を伝えて、この前酔い潰れたから泊めた。母には連絡先の変更だけ。来たらかえって面倒になりそうなんだ。絶対、アパートにケチつけると思うし」

へらっと返した千紘の言葉に複雑そうな表情をしたかと思うと、思いついたように言った。

「社長、には？　千紘には甘い、よね？」

「それこそ無理だろ。今は何の関係もない他人だよ」

即答した千紘に、愛梨は思案げに黙った。

「……千紘に何が起きてるか、知ってるのはわたしだけ？」

「前のマンションの管理人は知ってるよ」

「それ、知ってる人がいるとは言わない。だったら余計、見に行かないとかあり得ない」

断言されて微妙な気分になったところで、アパート前に着いた。そうして今、白いコートをかき寄せた愛梨は路肩に停めた車のボンネット前に立って、古い建物を見上げている。

「ちょっと、これは予想外……」

そう言う愛梨の声と肩が震えているのは、夜の冷え込みのせいだけではなさそうだ。自宅アパートに目をやって、千紘はつくづくそう思う。

昼間は風情があると見えた古さが夜の中では劣化した廃屋を連想させ、空き部屋の窓の塗りつぶされた闇が深い洞窟の入り口のように見えている。そんな中、ぽつぽつと灯る窓明かりが、かえってホラーじみた演出と化していた。

「昼間と夜でずいぶん違って見えるんだよね」

「その前にセキュリティが問題。せめてカメラつきインターホンと集合玄関のオートロック」

「オートロックでも部外者の侵入は可能だし、開示してもらえなきゃ監視カメラは意味ないよ。その点、ここは階段上がってきたらすぐわかる」

「でも、千紘の逃げ道がない」

「そこは前のマンションも一緒。むしろ、最悪窓から飛び降りる手があるだけマシかな。それ以前に、この見た目に幻滅してくれるんじゃないかと思ってさ。——まあ、今のところ異変はないから引っ越しだけで終わるかもしれないけど」

電話番号を変えてから、無言電話はなくなった。引っ越しを機に尾行されることも、妙な手紙が届くこともなくなった。それだけでも十分だったが、このアパートには別の効能を期待していたりする。

「げんめつって、千紘に？」

「母なんかはその典型だけど。夢見る女性からすると、おれがこういうアパートに住むのはあり得ないらしいよ。実際、ここを見た職場の女の子たちはかなり引いてたしね」

「あー……」

今わかった、という顔で、愛梨がアパートに向き直る。しげしげと、興味深そうに観察して言う。

「確かにケチつける。怒り狂う。千紘には似合わないって」

「オンボロだし汚いし古いし廃屋っぽいし？」

つい合いの手を入れると、愛梨は首を傾げて続ける。

「お化け屋敷は見物するもので、住むものじゃない」

「ああ、わかる気がする」

「住みたいと思う時点で物好き、悪趣味、気が知れない」

「いいね。むしろ大歓迎」

「――どけよ、邪魔」

唐突に、そんな声がした。同時にすぐ横にいた愛梨の身体《からだ》が動く。――もとい、突き飛ばされる。

咄嗟に伸ばした手で愛梨を支えて、千紘はすぐさま振り返る。見知った少年を認めてつい顔を顰めていた。

「いきなり何をするのかな。危ないと思わない？」

「出入り口塞ぐゲスとブスが悪いんだろ。おまけに五人目かよ、どんだけ遊んでんだこの最低野郎」

諌《いさ》めるつもりで声を低くしたら、露骨に鼻で笑われた。身動《みじろ》いだ愛梨をそれとなく背後に庇《かば》って、千紘は改めて少年を見下ろす。

「塞ぐも何も、きみが通るスペースは十分あったはずだよね？」

駐車場は契約していないため、愛梨の車はアパートの囲いに沿った路肩に停めたのだ。離合は微妙だが車一台は余裕で通れる出入り口の、端に並んで話し込んでいたに過ぎない。

少年は、けれど忌々《いまいま》しげに吐き捨てた。

「お化け屋敷だあ？　悪趣味で、物好きで気が知れない？　だったらとっとと出てけばいいだろ。アンタに似合いな、おキレイなでざいなーずまんしょんでも借りれば、尻の軽い女が喜んで寄ってくるんじゃないの。――その、ヘンな髪と目の色したマネキンみたいな女がさ」

「わたし、の尻は軽くない、はず」

聞くに堪えない少年の、語尾に被《かぶ》さるように愛梨がぽそりと言う。相変わらず浮世離れしているというのか、焦点がずれまくっている――と頭の隅で呆《あき》れながら、そのくせ思考の一分が見事に沸騰していた。

「そういうのを、下衆《げす》の勘繰りって言うんだよね」

「は？」

唐突に声を低くした千紘に異変を感じたのか、少年がわずかに怯《ひる》む。まともに反論するのはこれが初めてだと、頭のどこかでそう思った。

「人の思考や言葉って、基本的にその人にとって『あり』なものしか出て来ないらしいよ。要するに、下衆の勘ぐりができるのは下衆だけってこと」

「…あぁ？　何っだよそれ、オレのどこがっ」

「初対面の女性をいきなり突き飛ばしたあげく暴言を吐く。それだけで十分下衆だ。何だったら今から警察でも呼ぶ？　暴行容疑ってことで、おれが証人になるけど？」

「な、に言っ……あの、程度で――それに、その女は無事でっ」

「警察が無理なら事務所に連絡かな。きみには関係ないし今後も縁はないだろうけど、彼女は将来有望なモデルなんだよね。知ってる？　モデルって、身体自体に保険がかかってるんだ。きみに払える金額だといいね？」

言い様に、千紘は愛梨を見た。

「愛梨、マネージャーさんに電話」

「今、すぐ？」

「知らない人にいきなり突き飛ばされたって報告。証人もいるし、弁護士つきでも――」

「な、ちょ、何でそんなっ」

悲鳴じみた声で、千紘の言葉が遮られた。それへ、冷ややかな目を向ける。

「自分でしたことの責任は自分で取る。常識だよね。まあ、きみの場合は親頼みだろうけど」

「――……信？」

「京、……っ」

不意打ちでかかった声に、今にも泣きそうだった少年の顔がさらに歪《ゆが》む。身を翻したかと思うと、鉄砲玉の勢いで駆け出した。飛び込んだ先は、今しも帰宅したらしくコートを羽織った襟元にもっさりとマフラーを巻いた隣人の男だ。

「きょ、きょう、助けて、ひど――あいつ、ひ、どいっ」

ぎゃんぎゃん泣き出す声は、下手な映画のワンシーンのようだ。冷然とそう考えていると、つんつんとコートの端を引かれた。顰めた顔を向けるなり、ひょいと覗《のぞ》き込まれる。

「珍しい。千紘が怒った」

一瞬で、頭に上っていた熱が引いた。ひとつ息を呑み込んで、千紘は自分の口を手で覆う。

「ごめ、……その、愛梨」

「謝らなくていい。むしろもっと怒るべき。ただし条件付き。自分のことに限り」

平然と言われて、何とも言えない気分になった。そこに、聞き覚えのある低い声がする。

「どういうことか、聞きたいんだが？」

「先に手を出したのはそちらです」

「ちが、だってそいつら邪魔なとこ突っ立ってて、オレが言っても動いてくれなくて、オレ早く帰って部屋暖めとこうと思ってて っ」

千紘の言葉を塗りつぶすように、少年が叫ぶ。それを男が宥め、再び千紘に向き合うなりまた少年が泣き喚く。その繰り返しに、心底面倒になった。

「そちらの言い分はよくわかったので、今後は二度と関わらないよう挨拶も遠慮します。……言っても無駄だとは思いますが、堪《こら》え性のない子どもの監督責任はきちんと果たしていただければ助かります」

相手の反応を見もせず、愛梨の肘を取る。きょとんと見上げるのを、運転席へと促した。まだ何か喚き立てている少年と、渋面でこちらを見る男を無視して、千紘は助手席に乗る。

「でも、ここ千紘んち」

「いいからとりあえず最寄り駅」

「えー」

いかにも渋々という顔で、愛梨が車を出す。初めての道で、しかも夜だというのにナビも使わず最寄り駅に着いてしまった。その道々で隣人との経緯を簡単に伝え、巻き込んだことを謝罪する。

「気にしてない。むしろ安心した」

「は？　安心って、愛梨」

「今度は自分のために怒ってくれたら万々歳。けど、これからもあのアパートで平気？」

「回避のための一時的措置、だからね。長くても春までのつもりだったし」

「過去形だし、今は結構気に入ってるよね。主に畳と炬燵と炬燵と炬燵」

上目に見上げる愛梨の笑みに、つい苦笑した。

「それもだけど、他の住人がいい人たちなんだ。お年寄りばかりだけど、今まで知らなかった感じで」

「お隣さんとは、どうする？」

「別にどうとも。挨拶も無視されてたんだし、さほど変わらないよ」

肩を竦めた千紘に、愛梨は「そっか」と頷いた。

「お隣とストーカーに限らず、何かあったら即連絡」

「わかった。疲れたとこわざわざ来てもらったのに、面倒かけてごめん」

「それはない。じゃあアパートまで送る」

「えっ」

降りようとシートベルトに手をかけたとたん、車が動いた。慌てて制止したのも馬耳東風で、結局はアパート前まで送られてしまう。

「いくら何でも過保護すぎ」

「千紘は自分の保護を放棄しすぎ。心配する側の身になってない」

問答の末に、車から降りた。走り出した車のテールライトが見えなくなるのを待って、千紘は小さく息を吐く。

アパートの外階段にも敷地内にも人影はなく、しんと静かだ。急に周囲の夜が迫ってきたように思えて、何となくコートの襟をかき寄せる。できるだけ音を立てないよう、慎重に外階段を登った。

明かりがふたつ落ちているせいで、廊下は妙に薄暗い。明日にでも不動産業者に連絡しようと思いつつ自宅前に立って、

「——……っ」

一瞬、呼吸が止まった。

玄関ドアに付属した郵便入れに、白っぽい紙が挟まっていた。

そろりと引き出すその途中で、ほっと息を吐く。臙脂《えんじ》色で記されているのは、どう見ても印刷の広告――いわゆるポスティングだ。

全身から、力が抜けた。

無造作に丸めたそれを、コートのポケットに押し込む。玄関の中に入り、背中でドアを閉じた。

■　■

ひとりで大晦日《おおみそか》を過ごすのは、何年ぶりだろうか。

一応の大掃除を終えた午後、用意しておいた正月飾りを玄関ドア横のフックにかけながら、千紘はふとそう思った。

小学生の頃は、母親と一緒だった。ただし場所は彼女の気分次第で海外だったり国内のホテルだったりとさまざまで、さらには千紘にとって初対面の「恋人」つきか、ボーイフレンドという名の同行者が複数いるのが常だった。

中学二年から留守番を買って出たのは、見ず知らずの男どもにやたら張り合われるのが面倒だったからだ。家で服作りしている方がいいと口にした千紘に母親はあっさり納得し、わざわざ最新式のミシンを買ってくれた――。

(千紘の鍋が楽しみだったのにい)

部屋に戻って買い物メモを作りながら、一昨日の加世子の電話を思い出す。年内に終わるはずの出張が先方都合で延期になったため、帰国が年明けになるという連絡だった。

(鍋ならまた作りますよ)

(それもいいけど、嬉しいけど! でも年越し鍋の醍醐味がああ)

通話口での絶叫を思い出して頬が緩む。書き終えたメモと財布を、羽織ったコートのポケットに突っ込んで玄関を出るなり、少し離れたところで「えっ何でっ」と声がした。

例の、童顔の少年だ。苛立《いらだ》ったようにドアを蹴飛ばしたかと思うと、ふと気づいたようにこちらを見る。大袈裟《おおげさ》な勢いで、ぷんと顔を背けられた。

「何っでいないんだよ、嘘だろっ」

喚き声をBGMに玄関を施錠して、千紘は外階段へ向かう。続く殴打音を聞きながら、「合鍵はどうした」とちらりと思った。

愛梨の件があってからも、あの少年の態度はほとんど変わらない。千紘に嚙《か》みつく頻度は激減したが、それは男の尽力によるものだ。実際、何度も実力行使で少年を黙らせている。

そして男の方はといえば、物言いたげに千紘を見るようになった。今さら応じる気もないため、こちらは挨拶すらしていないが。

ちなみにあの少年は、実はここの住人ではなかったらしい。これは一昨日、外廊下からの話し声で知った。

（ここはおまえの家じゃないんだが？）

（何だよそれ、何でそんなこと言うの⁉）

そもそもあのふたりの関係は、当初から不思議ではあったのだ。

兄弟にしては似ていないし、年齢差からすると友人というのも不自然だ。そのくせ親密なのは明らかで、しかもあの少年の甘えっぷりと男の甲斐甲斐《かいがい》しさから察するに――

「恋人同士、とか……？」

ふと思ったものの、どうでもいいと頭《かぶり》を振った。それより、ひとりの年末年始をどう過ごすかだ。思案しながら買い物をすませ、大荷物を抱えて帰宅した。直後、一階の部屋から出てきた老女に声をかけられる。

「あらー男前さん。あんた、実家に帰らないの。だったら彼女さんか、こないだの叔母さんでも来るの？」

「実家は今、出払ってて留守なんです。彼女はいませんし、叔母は海外なので」

「ひとりなの。じゃあ一緒に来る？」

首を傾げた老女に、気遣うようにそう言われた。意味がわからず瞬《しばたた》くと、例年アパートの住人たちが一室に集まって年越ししているのだという。

「みんな、ですか。え、いつもですか？」

「ここに住んでるのはみんな昔からの知り合いでねえ。大家さんで繋がった縁なんだけど、帰る里がない人ばっかりだから。みんなで料理を持ち寄って、ぱーっとやるの。どう？」

「あー……そうですね。気持ちは嬉しいんですが」

楽しそうだとは思ったものの、参加となると微妙だ。なので遠慮がちに言うと、彼女はあっけらかんと「そりゃそうかもねえ」と笑う。

「気が向いたらいらっしゃい。一〇七だから……って、そうだちょっと待っててねえ」

ふと思いついたように、部屋の中に取って返した。数分して出てきた時には、少し大きめの保存容器を持っている。

「これ、お裾分け。よかったら食べて」

「え、でも」

「いっぱい作ったからいいのよー。でもまあ、よかったねえ。あっちこっち傷んでるしどうなるかと思ったけど、管理人さんがちゃんとしてくれたから安心して新年迎えられるわあ」

「管理人、さん？」

初めて聞くことに、つい瞬いていた。

「そうよー。上の階段の明かりもすぐ直してくれたでしょ。無愛想だけどよく気がつくいい子でねえ。時々ちょっと賑やかすぎるけど、でもあれは管理人さんじゃないしねえ」

「あの、……すみません、管理人さん、ってどの人……」

「男前さんのお隣にいるでしょ。愛想のない若い人」

「――あの人、が……？」

「そうよお。男前さんとこの畳の入れ替えとか、お掃除もあの子の仕事だったの。久しぶりの新しい人だからってすごく丁寧にやっててねえ。今時なかなかいないわよ、ああいう子」

衝撃的、すぎた。正直、どうやって自宅に戻ったのか記憶にない。

買った物を機械的に冷蔵庫や棚に片付け、最後に残った保存容器を手にして、千紘は手のひらで目元を覆った。

「いやちょっと待って……って、あ、――」

唐突に、気がついた。

後輩がこのアパートを貶したのは、彼が苦情を言ってくる直前だ。そして愛梨が突き飛ばされる寸前に、自分たちはこのアパートへの暴言を口にしていたのではなかったか。

彼が管理人で、あの少年もそれを知っていたのなら、腹を立てるのも当然だ。嫌われるのも、「厭なら退去しろ」と繰り返されるのも。

「う、わあ……」

深く息を吐いて、千紘は保存容器に手をかける。そっと蓋を開けてみると、中にはまだ温かいおでんがぎっしりと詰め込まれていた。

こうした気遣いまでも、馬鹿にしているように取られても仕方がない。そんな状況だったことに、今になって気がついた。

大晦日特番の合間の天気予報によると、今夜から明日朝にかけて雪になるのだそうだ。明け方にはかなりの冷え込みになるため、凍結にも注意が必要だという。

なるほど昼前から冷え込んでいたわけだと納得した時、外で何やら鈍い音がした。

食べ終えた食器をシンクに置いたタイミングで、また同じような音がした。そういえば、早めの風呂をすませた直後にも似たような音を聞いた気がする

気になって、コートを羽織って玄関ドアを押し開けた。首だけ出して外廊下を見回し――

「……は？」

思わず、そんな声が出た。

雲が厚いのだろう、重く見える闇から絶え間なく雪が降っていた。庇《ひさし》から外れる廊下の手《て》摺《す》りや階段のあたりは、すでに白く色を変えている。

コートを羽織っていてさえ、首を縮めるほどの冷え込みだ。そんな中、隣室ドアとの間の壁に、見知ったぼさぼさ頭が座り込んでいた。

コートどころか上着も、マフラーの類いもない。目につくのは黒いセーターとジーンズと、足元のスニーカーだけだ。

「……そこで何をやってるんです？」

さすがに無視できず声をかけると、隣人はうっそりと首を動かしこちらを見た。伸びすぎた前髪の奥で何度か瞬いたものの、すぐに壁に頭を凭《もた》れさせて目を閉じてしまう。

「鍵を、失《な》くしでもしましたか。だったら不動産屋に」

「大晦日の、この時刻に？」

「……それなら鍵屋に連絡してみては？」

ああした業者は、緊急事態への対応がデフォルトのはずだ。そう思っての問いに、男は上を見たままぼそりと言う。

「失くしてない。締め出しを食らっただけだ」

「……は？」

さらに意味がわからなくなった。

「その、だったら中に誰かいるんですよね。なら、声をかけて開けてもらう、とかは」

「何度もやった。さっきもドアを殴ったが、無反応だったな。この時刻にそれ以上は、さすがに近所迷惑だ」

「……ああ、……」

つまり、先ほどの物音がそれだったわけだ。

けれど、と千紘は思う。この様子からすると、中にいるのはあの少年ではあるまいか。

「中にいる人に電話してみては？」

「スマホそのものが中」

「では、知り合いに助けを求めるとか。駅前にはファストフード店も公衆電話もあります」

「知人友人のところに行くには、電車か車が必要。車の鍵も財布も、交通系ＩＣカード類も全部家の中」

何だそれ、と口から出そうになった台詞を、辛うじて引っ込めた。

「一応訊きますけど。上着かコートは」

「それも中」

面倒そうな即答に「うわあ」と思った時、滅多に聞くことのない音がした。――腹の虫が鳴く音だ。

「……確認しますが、いつからここに？」

「薄暗くなった頃」

「つまり夕飯もまだ、ですか」

無言で肩を竦める様子に、何とも言えなくなった。短く息を吐いて、千紘は額に落ちてきた髪をかき上げる。

「……住人の方に助けを求める気は？」

「楽しくやってる邪魔はしたくない。年金暮らしの年寄りから金を借りる気もない。あとは、……下手に巻き込まれると抜けられなくなるんでね」

「ああ、……」

広い肩を竦める仕草に、自分が誘われた時の心境を思い出す。気持ちは嬉しいが参加するかどうかは、というアレだ。

「いいからあんたは中に入れ。冷えるぞ」

「……人のことを言ってる場合じゃないのでは？」

「別に。これが初回じゃなし、いずれ飽きるだろ」

他人事《ひとごと》のように言う男の声はわずかに震えている上、いつになく顔が白い。セーターから出る手の色だけで、かなり冷えていると察しがついた。

「——好き嫌いには応じられませんが。それでよければうちで食べます？」

「は？」

「あと、ホテルの予約と一泊分に朝食代くらいなら貸します」

ついでとばかりに続けると、あり得ないと言わんばかりの顔で見られた。ややあって、気まずそうに言う。

「……そこまでしてもらう、理由がない」

「そこで凍死でもされて、警察沙汰《ざた》の面倒に巻き込まれるのは困るんです。三十分以内に部屋に戻れる確約でもあるなら話は別ですが」

「まあ無理だろうな。四時間近くうんもすんもないし、たぶん寝てるんじゃねえの」

は、と息を吐いた男が、おもむろに千紘を見る。ひどく躊躇《ためら》いがちに言った。

「迷惑をかけて申し訳ないが、電話とホテル代を借りたい」

「その前にまず暖まりましょう。でないとホテルに着く前に行き倒れそうだ」

言い様に千紘が差し出した手を眺めた男が、遠慮がちに摑んでくる。ぞっとするほど冷えた手のひらに、いったいいつまでここにいる気だったのかと心底呆れた。暖房の効いた奥の部屋に男を通して、千紘は台所に引き返す。

勢いと暇にあかせてしまい、少々料理を作りすぎているのだ。定食らしくそれをセットして戻ると、男は炬燵にも入らず所在なさげに部屋のすみに突っ立っていた。

気まずいのは千紘だって同じだ。なので、あえて平然と炬燵の上にトレイを置く。

「お茶を淹《い》れてくるので、先に食べててください」

「いや、その、ちょっと待ってくれ。それ、……本当に食べてもいいのか？」

そう言う隣人は、何故《なぜ》かトレイの上を凝視中だ。多めに盛り付けたものの、見た目には普通の食事のはずだが。

「好き嫌いには応じられないと言いましたよね」

「そうじゃなく、これはこないだの彼女——じゃないかもしれないが、とにかくあんたのために誰かが作ったんじゃないのか？　こっちとしては、ホテル予約を含めて最低限の助けがあれば十分で」

「全部自作ですが？　趣味と実益を兼ねているので」

今も現役モデルの母親は食に煩い割に家事には無関心で、千紘が幼い頃には家政婦に丸投げしていた。少々のトラブルの果てに家政婦を解雇した後は外食かデリバリーに切り替えたけれど、濃い味付けを苦痛に感じた千紘が小学校の授業をきっかけに見よう見まねで料理をするようになると、面白がって道具や料理本を揃え始めた。最終的にはリクエストされるようになって、結果的に中学に上がる頃には千紘が炊事をするのが当然となっていた。

もともと手先を使うのは好きなのだ。好きなものを好きなように食べたいというだけの動機だったのがいつの間にか趣味になっていたわけだが、周囲からは「らしくない」「似合わない」と評されることが多い。

「あと、この際なので今お伝えしますが。引っ越しの日と、先日にも失礼しました」

口にした、その続きで頭を下げる。とたん、男はぎょっとしたように目を丸くした。それへ、あくまで事務的に続ける。

「引っ越し日には後輩の暴言でしたし、先日はおれと愛梨――あの時に一緒にいた彼女が、やはりこのアパートに対する暴言を口にしました。あなたや彼が腹を立てるのは当然です。ただ、説明させていただくと、あの時言っていたことはおれや彼女の感想ではなく、『おそらくそう思う者もいる』という喩《たと》えだったんです」

ただの弁解だと思われても仕方ありませんが、と千紘は続ける。

「お手数ですが、彼に謝罪をお伝えいただければと思います。ただ、愛梨に手を上げたことは話が別ですし、許す気はありませんが」

「そ、れは、まあ――もちろん、悪いのは信の方で」

やっと、という風情でぼそぼそと男が言う。それをあえて遮って、千紘は言う。

「おれ個人としては、この部屋もアパートも気に入ってるんです。畳の部屋に住むのは初めてだし、炬燵はもう手放せないと思うし。他の住人の方にも、よくしていただいてますし」

「あー……うん、俺もちらちらと、話は聞いてる」

「あと、管理人さんなんですよね？　迷惑はかけないよう注意しますが、何かあれば遠慮なく言っていただいた方が助かります。それで一応お伝えしておきたいんですが、例の後輩たちとはプライベートなつきあいはありませんので二度と来させませんし、あの夜に泊めた女性は叔母です。先日の彼女は友人であって、お互い恋愛感情はありません。現時点でおれに恋人はいませんし、今後作る予定もありません」

言い切ると、そこまでかと感心するようなわかりやすさで唖然とされた。

「……は？　いや、しかし――その」

「取っ替えひっかえ女性を連れ込んで、いいように遊んでいるように見えました？」

「…………っ」

わざと真顔で言ってみたら、とても気まずそうに視線を逸《そ》らされた。

「その手の誤解には慣れていますので、お気になさらず。ここで問題を起こす気はない、ということだけ理解いただければ十分です」

「あ、……ぅ、スミマセン……」

どういうわけか敬語の上にカタコト気味だが、不本意という気配はない。言うべきことは言ったとばかりにほっとして、千紘は台所に引き返す。

二人分のお茶を淹れて戻ると、男はきれいな箸使いで食事をしていた。そのくせ口に入れては目を丸くし、皿の中身をまじまじと眺めと落ち着きがない。斜め前に湯飲みを置くことで、ようやくこちらの存在に気づく有様だ。

「ホテルの希望はありますか？」

「ビジネスで。歩いて行ける距離だと助かる」

「最寄り駅前あたりですかね。この雪だとタクシーは微妙でしょうし」

一応の確認をしながら、パソコンでホテルを予約する。プリントアウトした地図に宿泊代と明日の朝食代にプラスアルファを添えて渡し、ものついでにコートも貸した。数年前にスキー用に買った品だが、重ね着前提だったため千紘にはかなり大きい。

「いや、ここまでしてもらうのは」

「行き倒れて貰ったら困るので。もちろん貸すだけです」

物言いたげな様子の男に次々と言い渡し、ようやくコートつきで送り出す。ホテル代その他とコートの返却方法を確認したついでに、ポケットに使い捨てカイロを突っ込んでやった。いつもの仏頂面が嘘のような恐縮ぶりで、隣人が外階段を降りていく。慎重に歩く長身が角を曲がって見えなくなってから、千紘は小さく息を吐く。

　これで関係修復になれば御の字だし、それが無理でも無難なつきあいはできるはずだ。それだけで十分だった。

■　■

　元日の朝に積もっていた雪は、後日に追加で降ったそれと相俟って、案外に長くそこかしこに残った。ほとんど消えたように見える今も、埃《ほこり》や土で表面を汚しながらふとした場所で目に付く。

「おはようございます」

「あー……おはよう」

　タイミングがいいのか悪いのか、本日も出勤の際に外廊下でかち合った隣人は、千紘の挨拶に苦笑交じりに答えた。年明けから二週間近く経ってようやく慣れてきたらしい。

　早朝にでも押し込んだのか、ドアの郵便口からポスティングらしい紙が覗いている。引き抜いたそれをコートのポケットに突っ込んで、千紘はまだ施錠中の男に声をかけた。

「お先に。——ああそうだ、今夜は新年会があるので帰宅が深夜になるかもしれません」

「わかった。けど、そこまでいちいち断らなくていいぞ」

苦笑した隣人に「でも階段の音が響くでしょう」と返して、そのまま外階段へと向かう。

ここ最近、というより年明け以降の隣人は、いつ見かけてもひとりだ。例の少年は、声どころか気配すらない。

(あいつには、当分ここに近づくなときつく言っておいた)

隣人兼管理人からそう言われたのは、年明け三日目のことだ。初詣に同行した愛梨と駅前で別れて帰宅したら、自宅ドアの前で所在なさげに待ち構えていた。

真っ先に言われたのが大晦日の礼で、続いて貸した金を返された。コートはクリーニングに出して返すと言われて「必要ない」と固辞したけれど、それでは気がすまないと断られた。

(あと、元日は煩くして申し訳なかった)

(そうなんですか？　ずっとヘッドフォンでDVD三昧《ざんまい》だったので気づきませんでした)

実は心当たりがあったけれど、あえて素知らぬ顔をした。男の左頬が妙に赤く腫れているのも、それが「誰かに殴られた痕」に見えることも気づかないふりで通す。

(もし見かけても無視していい。すぐに対処に行く)

突っかかってくるようなら遠慮なく封筒に書いたナンバーに連絡してくれ。すぐに対処に行く)

（あの子がここに来ないなら接点もないですし。必要ないのでは？）

怪訝に首を傾げた千紘に、隣人は「それが」と苦い顔をした。

（あいつはあんたが気になるらしい。そういう時に距離を置くのでなく、自分から突っかかっていくタチなんだ。本当に厄介で申し訳ない）

頭を下げる隣人が、本気で保護者に見えてきた。

それはさておき、元日に一部だけ耳に入った言い合いの中に千紘のことが出ていたのは事実だ。罵倒する少年を、男がきつく諌める形だった。

あり得るかと納得し、「では何かあれば連絡させていただきます」と返したら、隣人はとても不可解そうな顔をした。

（あんた、ちょっと寛大すぎないか）

（去年には怒鳴り合いもしてますけど？　今考えると、未成年相手にはやりすぎだったかもしれませんね）

とはいえ、許せないものは許せないが。——とか思っていたら、隣人は微妙な顔をした。

（あいつ、去年大学卒業してとうに社会人やってるんだが）

青天の、霹靂《へきれき》だった。ぽかんと見上げた千紘に、隣人は唇の端をひくつかせフォローにもならないことを言ったのだ。

（筋金入りの童顔にわざと未成年の真似《まね》してるからな。大抵の人間は勘違いする）

（真似って、……何のために、ですか）

反射的な問いには困り顔で「たぶん趣味？」と返されて、いろんな意味で気が抜けた。以降、あの隣人との関わりは「知人」となっている。

もっとも会話の数だけ言えば、一階のお年寄りとの方がずっと多いのだが。

「……そういえば、また名前を聞きそびれたな……」

乗り換えた電車を降り、歩いて職場へと向かう途中で思い出す。辿《たど》り着いたビルのエレベーターに乗り込み、他に誰もいないのを幸いに奥に設置された鏡で自分の姿を検分した。

【ＵＲＹＵ】の新年会は、例年ホテルの会場で行われる。全体で行うには人数が多すぎるため、いくつかのグループに分けての主催となるが、社長を含む上層部や各部署の長は原則そのすべてに参加するという。

そうした集まりが苦手な千紘としては不参加にしたいところだが、それでは各方面に角が立つ。取引先業者や関係企業まで招待されているため、顔見知りへの挨拶は必須だ。なので、下手な格好で参加するわけにいかない。

ひとまず良しと頷いた時、エレベーターの扉が開く。進む廊下の途中、ドアのいくつかに貼り付けられた封筒が目についた。見当たらないところはすでに出勤し、中を確認しているのだろう。

自室のドアに貼ってあった封筒を剝がして、千紘はそのまま中に入る。ドアに背をつけたまま封を切り、中を確認する前に短く息を吐く。

中に入っているのは、年明け間もなく行われたコンペ——春の展示会に向けたデザインの選考結果だ。千紘が出したものへの採用可否だけがここに記されている。

……準備に入ればすぐに知れることだし、だったら掲示ですませればいいのに。

毎年思うことを考えてから、そっと中の紙を引き出す。そこには提出分すべての採用が表記されていて、思わずため息が出た。

「じゃあ、さっそくパターンの準備にかからないと……」

型紙を作成し試作品を縫製し、必要に応じて修正しつつ最終的には展示会までに展示品を仕上げる、というのがこれから春までのスケジュールだ。もちろん単独では無理なので、パタンナーや縫製部門も含めた固定スタッフでチームを作る。その一覧も、結果と一緒に同封されていた。

手にした紙を封筒ごとホワイトボードに磁石で留めて、千紘はデザインの原本を引っ張りだす。初回ミーティングの前にと、コンペ前から続けていた書き込みの再確認にかかった。

■　■

新年会は、予定通りに始まった。

だだっ広い会場なのに、少し狭く感じる。それほどの人数がいると、端っこでおとなしく飲んでいる分には目立たない。

社外はともかく、社内の人物はこうした時にまず千紘に近づいては来ない。なので、顔見知りを含めた相手に対して必要な挨拶は開始後早々にすませておいた。後は適当に壁の花で過ごせばいいだけだ。

「小日向さん、それ美味しいですかー？」

「え、何これ酸っぱ」

「こっちは美味しいよー。オススメかもっ」

……ただし、今年は何故か例の女の子三人組と一緒だ。おそらく初参加で落ち着かないのだろう、端っこでグラスを手にしていた千紘を見るなり、ほっとしたように寄ってきた。以降、食事や飲み物を取りに行く以外はずっと傍にくっついている。

「せっかくきれいにして来てるんだから、少し歩いてみたらいいのに」

三人もいつになく着飾っているのだ。服装だけでなく髪型も、化粧までもがいつもとは全然違う。きっと、ずいぶん前から準備していたに違いない。

「で、でもその、予想以上上っていうか」

「下手に歩いてると社長とかとばったり出くわすって、先輩から聞いてて」

「専務とか常務もいらっしゃるんですよ、ね……？」

「それが楽しみだって言ってなかった？」

わざとにやり笑いで言ってみると、彼女らは困ったような、気恥ずかしそうな顔をした。

「い、言いました、けどお」

「でも、さっき本当に目の前を社長が横切ってて」

「すごい迫力っていうか、あれってオーラ？　っていうんですか？」

きゃいきゃいと続く会話を聞きながら、千紘は改めて会場を見渡してみる。

そこかしこにできた輪の中で、右手のグループから見た顔が抜け出すのが目につく。開場後、ずっとチーフにくっついて歩いていた佐山だ。何か探しているのか、やけに周囲を見回したかと思うと唐突にこちらを見た。

目が合う寸前に視線を逸らして、千紘は壁から背を離す。不思議そうに見上げてきた三人に、「ちょっと外すよ」と声をかけてフロアを横切り、会場を出た。少し歩いた先にある休憩ロビーに向かい、壁際のソファに腰を下ろす。

（小日向さん、全作通ったんですってね。コネって本当にいいですねえ！）

ホテルのクロークにコートを預けた直後、背後からかかった佐山の声を思い出す。振り返った先、見下ろしてくる彼の目の色がいつもと違って見えて、咄嗟《とっさ》に返事が出なかった。

（どんなコツがあるのか、今度ゆっくり教えてくださいよー。方法とか、何か秘密があるんでしょ？　オレ、是非《ぜひ》ともあやかりたいんで！）

（……そんなもの、あるわけないだろ）

（またまたー。いっつもそうやって秘匿してるんですよねえ。ずっるいなあ、自分ばっかり）

毒々しい内容とは裏腹の、満面の笑みが妙に浮く。視覚と聴覚が一致していないとひどく異様に感じることを、身をもって知る。「そろそろ開場だよ」と口にして佐山の横をすり抜けようとしたら、上着の裾を摑まれた。

（あっれ、何ですか、これ。どこで買ったんです？）

（――自作、だけど。何か？）

（はあ？　うっそでしょ）

（それは、どういう意味？）

さすがに聞き流せず、千紘は佐山に向き直った。

去年の春から秋にかけて、半年がかりで自作した服だ。母からの旅行土産《みやげ》のループタイに合わせたスーツとシャツは、砕けすぎずかっちりともしすぎないギリギリのラインを狙ってデザインした。型紙を作り調整し、仮縫いから縫製まで久しぶりに全部をひとりでこなした。果たして似合うのかが気になって、加世子と愛梨に見てもらったのだ。「似合う」と太鼓判を貰ったから、今日着てくることにした。

上層部へのアピールにも繋がることもあって、この会に自作品を着てくる者は多い。社としても推奨の向きがあるため、悪目立ちすることもない。

(どうせコネの産物でしょ。小日向さんにこんなの作れるわけがないですし！)

(……あのねえ)

(図星ってことですよねー。いい加減、自分の立場くらい自覚したらどうです？　っと、あ、チーフだ！　じゃあまたあとでっ)

千紘が言い返す前に、佐山はあっさり離れていった。親しげな素振りで上司に駆け寄り、肩を並べて会場に入っていく。それを見届けて、ひどく気分が悪くなった――。

「――千紘？　ああ、ここにいたのか」

「え、っ」

背後からかかった声に、びくりと肩が跳ねた。振り返った先に思いがけない人――【URYU】の社長を見つけて、千紘は目を丸くした。

かつて母親の夫であり、千紘の義理の父親でもあった人が、大股に近づいてくる。大柄な体躯《たいく》を屈《かが》めるようにして見下ろしてきた。

「休憩中にすまないが、少しいいかな？」

「あ、はい。おれは……でもその、いろいろまずい、んじゃあ……？」

千紘の問いに、その人は苦笑した。

「きみが会場を抜け出したと聞いたのでね。中で声をかけるよりはいいだろう？」

「あ、……すみません。その」

「気にしなくていい。責めているわけじゃない」

言いながら、脱いだ上着を無造作にソファの背に放り出した。ネクタイを緩めながら千紘の横に腰を下ろし、見慣れた優しい顔で言った。

「顔を見るのは三か月ぶりか。元気だったか？」

「はい。おかげさまで」

「次の採用分を見たが、なかなかよかったぞ。今着ているそれは自作かな？」

指摘に、「作れるはずがない」という佐山の言葉が脳裏をよぎって、何となく背中が丸くなった。

「はい。その、……手遊びのようなものですが」

「よく似合ってる。手遊びですませるのは勿体《もったい》ない気がするね。それで、仕事の方はどんな具合かな。孝典とはどうだろう？」

「特に何も。ちゃんと配慮いただいています」

「だったらいいが。――玖美さんはお元気かな？」

「たぶん、ですけど。楽しい時は連絡を忘れる人なので」

「確かにそうだ」

目元をくしゃりとさせて笑う社長だが、玖美の連れは新しい恋人だ。それを承知でそんなふうに笑えるこの人が、正直不思議でならない。

千紘の母親が離婚を切り出した時、この人は即答で拒否した。話し合いを重ね、離婚が成立するまで確か半年ほどかかったはずだ。

そもそも離婚原因そのものが不明なのだ。何しろ離婚話が出た朝も、この人と母親は円満な夫婦にしか見えなかった。

地位にも財産にも、そして相手にも不自由しない。そんな人が未だにあの身勝手な母親を追いかけている。その理由も、千紘には予想すらつかない。

「ところで千紘、まだ異動希望届を出していないようだが。今年も異動なしでいいのか？」

「あ、はい。それはそのままで」

頷いた千紘に、目の前の人が微妙に首を傾げる。その様子に、ふと予感を覚えた。

「何か、問題がありましたか。それなら部署変更でも、直営店舗への異動でも――」

「いや大丈夫。問題はないよ」

社内では鬼のように容赦がないと言われ近寄りがたいと噂されるこの人は、外部からはやり手と呼ばれている。遠目で見かけた時に伝わってくる鋭い気配には、千紘も背すじが伸びる心地がする。

けれど千紘を前にした時のこの人は、いつでも柔和で穏やかな「父親」だ。離婚前とまったく変わらず、千紘に対してはとにかく甘い。部署を訪れた時やこうした会では必ず千紘を探して声をかけてくれる。――「父親」の立場のままで。

結果的に、周囲は千紘の「コネの七光り」を確信するのだ。そうやって、千紘の立場と噂は薄れることなく維持されていく。

「あの。すみませんが、やっぱりこういうのは、もう」

これが何度目かも忘れた要望をそっと口にすると、目の前の人はとたんに悄然とした。悲しげに千紘を見る。

「厭なのか。千紘は私と関わりたくない？」

毎度ながら答えに窮する問いを突きつけられて、千紘は小さく息を吐く。

「そんなことは。でも、おれはもう、ただの社員で」

「だったら今からでも養子縁組するかい？」

「それは、……」

この人と「親子」だった頃から、幾度となく繰り返してきた問答だ。そのたび千紘は丁重に断って、母方の「小日向」を名乗り続けた。

だからといって、けしてこの人を嫌いなわけではないのだ。

俯く千紘に社長が苦笑する。無造作に頭を撫《な》でられて、その感触がひどく懐かしかった。

「だったらたまにはつきあってくれないか。私にとって、千紘は今でも大事な息子なんだ」

「……——おとうさんは、おれにも母にも甘すぎます」

返事に迷ったあげく、千紘はぽつりと言う。

本来、もう許されない呼び方だ。けれど離婚成立後、今と同じようにふたりきりで向かい合った時に社長呼びをしたら、目の前で凹《へこ》まれた。おまけにその後、この人の長男でありこ【ＵＲＹＵ】の後継者であり、千紘にとってかつて義理の兄でもあった人から「ふたりの時は前のように呼んでやってほしい」と頼み込まれた——。

「そろそろ戻る時間だな。何かあればいつでも言いなさい。遠慮はなしだ。いいね？」

「ありがとう、ございます」

返事をした頭を、もう一度撫でられる。見上げた千紘に穏やかな笑みを向けると、社長はゆっくり腰を上げた。ネクタイを直し、上着を羽織って離れていく。

広い背中を見送りながら、千紘は着ている服の袖を握り込む。ふと、先ほどの社長の言葉を思い出した。

（手遊びですませるのは勿体ない気がするね）

チーフを始めとした多くは、千紘が服飾専門学校を出たことをコネ目当てだと口にする。けれど、服飾への興味が深いのは幼い頃からだ。特に女性の衣類を見るのが好きで、裁縫にも興味があったから、周囲からはさんざん「男のくせに」と笑われた。それでも好きだったから独学し、それを面白がった母親が知人のパタンナーを始めとした専門職に教授を頼んでくれるようになった。

再婚話が出た時点で、自分でデザインした母親のスーツ一式を自分ひとりで縫い上げるくらいはできるようになっていたのだ。進路も決めていたし、進学先もほとんど絞っていた。

専門学校在学中に就職先を探す際は、意図的に【ＵＲＹＵ】を除外した。義父の息子三人がすでに入社している先に連れ子の自分が入ったところでやりにくいだろうと思ったし、それとは別に恋多き女と呼ばれた母親が、ずっと義父と一緒にいるとは考えにくかったためだ。

にもかかわらず、本格的な就職活動に入った学生最後の秋に、半月振りに会った母親が唐突に言った。

（千紘の就職決まったわよ。研修が終わったらすぐデザイナーとして配属になるって）

（……は？）

愕然として問い詰めたら、千紘の名前入りの採用通知書を見せられた。面接どころか審査用の書類さえ送ってもいない状況でのそれは、「コネ」以外のなにものでもなく。

（何だよそれ、ありえないんだけど！）

即答での拒否は、「あら反抗期？」で流された。夜になって帰宅した義理の父親――社長には、意思表示する前に満面の笑みで頭を撫でられた。

（正式に入社が決まって嬉しいよ。これからが楽しみだ）

この上なく嬉しそうな顔を見て声を聞いて、それでも「辞退します」とは言えなかった。

……社長のことが、「父親」としてとても好きだったからだ。子どもじみた感情だとわかっていても、嫌われたり失望されるのが怖かった。

「小日向さん、こんなとこにいたんですか！　って、もう社長との話終わったんですかっ？」

「は？」

唐突な声に我に返って顔を上げると、スーツ姿の佐山が不機嫌そのものの笑顔で近づいてくるのが見えた。

顔を顰め、すぐさま腰を上げる。横をすり抜けようとしたら、いきなり肘を掴まれた。

「勝手しないでくださいよー。社長と話す時はオレも一緒にいるはずだったのにっ」

「──意味がわからないんだけど？」

「こういう集まりだと必ず社長から声かけられるんでしょ？　すんごい親しげに話し込んでるって、いろんな人から聞いてるんですよっ」

約束を破られたとでも言いたげな口調に、心底気分が悪くなった。

「だとしても、きみには関係ないよね」

「うっわ、ケチだなあ。小日向さんて、やっぱり自分さえよければいいヒトなんですねえ」

「……どうでも好きに思ってもらって結構。ついでに今後は構わないでもらえると助かるね」

言い捨てた千紘を、佐山は追って来なかった。戻った会場の定位置に女の子たちの姿はなく、そのことに心底安堵する。──今、下手な話を振られたら何を言い出すか、自分でもわからなかった。

手に取ったグラスの中身を俯き加減に口にしていると、「ああ、小日向さん」と声がした。

べたつくようなその響きには聞き覚えがあって、ざっと鳥肌が立つ。

「お久しぶりです。お元気そうで何より」

「……お久しぶりです。意外、ですね。水嶋《みずしま》さんは確か、うちの担当から外れられたのでは？」

辛うじて平静を装った千紘を含んだような笑みで見下ろすのは、服地を扱う会社の営業員だ。去年の春の展示会まではほぼ決まったように千紘のチームを担当していたが、自身の昇進を機に別の営業員に引き継いでいた。

「お誘いをいただけましたのでね。いやあ、相変わらず小日向さんはおきれいだ。そうそう、次回の展示会も無事決まったそうで、順調で何よりです」

「ありがとうございます。そちらもお忙しいのでは？」

「それなりといったところですよ。残念ながら、小日向さんとご一緒していた時ほどやり甲斐のある仕事は回って来ないようで……また担当に戻れたらと思ってはいるんですが」

「そうですか」と短く返しながら、「冗談じゃない」と本気で思った。

千紘はこの人物が苦手なのだ。展示会の打ち合わせの予定が入るたび重い気分を持て余していた。なので担当が変わると聞いた時は、内心で万歳三唱していたくらいだ。

曖昧《あいまい》な笑みで応じる千紘をどう思ってか、男はぺらぺらと話を続ける。その殆《ほとん》どが誇張を含んだ自身の自慢話だ。合間には巧妙な誘導の気配があって、さらりと躱しながらどうにも不快感が募る。

口実をつけて退出しようかと思った頃合いで、閉会の声がかかる。ほっと安堵した千紘とは対照的に、水嶋が露骨に残念そうにするのが目についた。

「まだ話したりないんですがねえ……いかがです？　この後、お茶でも」

「申し訳ありませんが、予定が入っていますので」

断りを入れた千紘に、水嶋は「おや、残念なことだ」とため息をつく。素早い動きで、いきなり手を摑まれた。

「ではまた、そのうちに改めて」

不吉な言葉とともに、指先で手の甲を撫でられた。肌は粟立《あわだ》ったが表情だけは平静を保って、千紘は短く挨拶を返す。背を向けて、足早に会場を出た。

クロークで番号札を渡したものの、何か不手際があったのか妙に待たされた。後から来た者が次々と離れていくのを横目にとうとう眉を顰《ひそ》めた頃、ようやく呼ばれてコートを受け取る。詫びには目礼で返して混み合う場を抜け、出入り口近くのロビーでコートを羽織ると、ポケットの中でかさつく音がした。

「…………？」

怪訝に取り出してみて、ため息が出た。今朝、自宅ドアから引っこ抜いてきたポスティング——どこかの店のチラシだ。

「あれえ、何です、それ」

「ちょ、」

声と同時に、いきなり手の中からチラシをひったくられる。反射的に振り返った先、奪ったそれをじろじろ眺める佐山を見つけて、思い切り顔を顰めていた。

「何でこんなもん持ち歩いてるんです？　ああ、このコートも借り物ってことですか。そういえば、服とお揃いですもんねえ。一式全部借りた上に自作だって言い張るとか、いい加減空《むな》しくないです？」

折りたたんだ紙をぴらりと開き、千紘の姿を上から下までゆっくり眺めて佐山が言う。周囲で何人もが足を止めこちらを見ているのを察して、本気で面倒になってきた。

「勝手に話を作るなと、何度も言ったよね。ついでにその広告は持ち歩いてるわけじゃなく、今朝玄関ポストから抜いてきただけで」

「は？　何ですかそれ、言い訳にしたってチセツすぎー」

鼻で笑うどころか、あからさまに吹き出された。眉根を寄せて見返した胸に、折り目がついたそれを押しつけられる。

「年明け早々のこの時期に、紅葉《もみじ》弁当の広告なんか入るわけないでしょ」

「え、……？」

反射的に、紙を受け取っていた。目を落としたそこには確かに「紅葉弁当」「配達」「予約」の文字があって、千紘は小さく息を呑む。

「そういえば、小日向さんの引っ越し先ってすんげえボロアパートなんでしたっけ？　オンボロついでに季節まで世間とはズレてんですか？　それとも」

いったん言葉を切って、佐山はふと顔を寄せてくる。反射的に一歩引いた千紘に、妙に落とした声で言った。

「小日向さんお得意の、誰かにつきまとわれてるってヤツですか。――期待してるからそんな目に遭うんじゃないですかあ？」

■　■

誰にも迷惑をかけてはいけないと、物心ついた時にはもう感じていた。

そして小学校に上がった頃には、人目を気にしなければならないと――下手に弱みを見せたら足を掬《すく》われると知っていた。

当時すでに名の知れたモデルだった母親は未亡人という名の独身だったが、常に恋人かボーイフレンドが傍にいた。下手をすれば月単位で変わる「恋人」が目につかないはずがなく、格好の噂の種となるのは当然だ。その余波が、千紘の学校生活にまで及ぶのも。

（おまえんとこ、オトコデイリがはげしいんだって？）

（フシダラなオヤもつとたいへんだよなーって）

未就学児が口にすることは、大抵親の受け売りだ。当時の千紘にはまだ意味がわからなくて、それでも「悪口」を言われていることだけは理解できた。

反発し、取っ組み合いになった末に友達数人と一緒に保育士から原因を聞かれた。千紘は「悪口」を口に出したくなくて、友達はおそらく叱られるのが厭で、結局双方口を噤んだまま、「どんな理由があっても手を出すのはよくない」と注意を受けた。

その時から、千紘は周囲の視線や会話に敏感になった。登園中に、行事の時に、友達の家に遊びに行った時に。千紘や母親をちらちら見る目や囁《ささや》きにあの「悪口」と同じニュアンスがあるのを――それが名前どころか顔すら知らない通学路の大人や下級生や、その親にまで及んでいることを悟った。

噂の中に、あの取っ組み合いについて「あの親だから躾《しつけ》が悪い」と評したものが含まれていることも。

怖くなって、情けなくなって、母親に相談した。夕食後、いつものようにネイルの手入れをしていた彼女は手を止めて最後まで話を聞いた後で、「放っておきなさい」と言った。

（他人なんて好き勝手を言うものよ。悩んだり、考えたりするだけ無駄なの）

でも、と千紘は必死で訴えた。自分のせいで、母親が悪く言われている。喧嘩をしたのは問題だったとしても、原因は向こうが悪口を言ったことだ。なのに、放っておいたらもっと言われてしまうかもしれない。

（平気よ。お母さんは慣れてるから）

（悪いことをしてるわけじゃないんだから、気にしなくていいの。言う方がおかしいのよ）

苦笑交じりに頭を撫でられて、唇を嚙むしかなかった。

子ども心にも、他に味方がいないのはわかったからだ。実父はすでに亡く、その両親はその時点で健在でも海外にいたし、母親の両親はすでに亡くなっていた。親類もなく、母親の友人を頼る気はなく、彼女の「恋人」は数か月単位で変わるからあてにならない。

だったらどうすればいいのかと、必死で考えた。

千紘も、その母親も「目立つ」のだと人は言う。だからといって目の色や髪の色を変えるなんてできるわけがないし、母親は「お仕事」を辞められない。

考えて考えて、やっとのことで辿り着いた答えが「誰にも文句を言われないような人になること」――要するに、千紘が「いい子」になることだった。

周囲すべてが悪人とは言わない。それは善人ばかりでもない、という意味でもある。その感覚は、学年が上がれば上がるほど顕著になっていった。

当時から女性ファッションに興味があった千紘だが、年齢や性別からすればそれは「異端」だ。不用意に口に出せば「オトコオンナ」と揶揄《やゆ》され、「じつはオンナなんじゃないのか」と馬鹿にされる。長じてそれは中傷へ、罵倒へと変わっていく。

興味を持って始めた料理も、同じようにからかいの的になった。果てには母親の育児放棄の噂にまでなって、二度ほどは児童相談所から訪問があったほどだ。

そういう意味では、母親の引っ越し癖はとても都合がよかった。

近くにいるから噂の肴《さかな》にされるのであって、見えなくなれば興味が薄れ話題に上ることもなくなる。新しい土地に行けば、その全部がリセットされる。いずれ同じような噂に埋もれるとしても、長年渦中にいるよりはずっとマシだ。

同じ場所にずっと住むのは飽きるのだと、母は言う。けれど、その何割かはきっと面倒をなくすための口実であり、手段だ。いつ頃か、千紘はそう気がついた。

悪気はない、と人は言う。ちょっと好奇心が擽《くすぐ》られただけ。少しだけ意地悪をしてみただけ、そう大したことじゃない——そんな軽い思惑で、「面白そう」な話題を周囲と共有して楽しんでいる。

そういう輩《やから》に、ムキになって否定しても無駄だ。もっと興味を引いたあげく、ありもしない腹を探られる。「そうだったらもっと面白いかも」という出来心で、誤差程度の内容を付け加える。人から人へと伝わるたび、その誤差が雪だるま式に増えていくことなど思いもせずに。あるいは、それこそを歓迎して。

気がついて、だから千紘は「わかってもらおう」と考えるのをやめた。

見過ごせない間違いは、もちろんきっちり否定する。けれどそれも一度だけで、それ以上は相手にしない。些細《ささい》な間違いは曖昧に流す。下手に嫌われたり、敵意を持たれる方が面倒だ。なので基本的には笑顔で、愛想よく応対しておく。

友人を作ることは、早々に諦めた。自分がやりたいことや好きなことを貶《おとし》めてまで、「誰かと仲良く」したいとは思えなかった。

小学校から「オンナっぽい」と揶揄の対象だった千紘の見た目は、中学生活の後半になると別の意味で目立つようになった。母親から教えられた「女性の扱い」は女子受けがよく、「互いが不快にならないためのマナー」と捉えればとても有益だ。そうしているうちに、千紘は周囲から「穏やかで優しい」「まず怒らない」と言われるようになっていた。

その結果「何を言ってもいいだろう」と嘗《な》められたり、妙な思い込みの果てにつきまとう人物が出てくるようになったわけだ。直接関わりがあっても手こずるものを、間接的にしか知らなかったり通りすがりでしかない相手となると、対応にはかなり苦慮する。

たとえば専門学校の頃には、よく行くコンビニエンスストアのアルバイトに。就職してからは、他部署の先輩に――そして、取り引き先の年上の営業員に。

前者は警察に相談し、「気のせい、自意識過剰では」と諭された。職場の先輩の時は総務に相談したけれど「自分から誘ったんじゃないのか」と笑われ「動かぬ証拠、っていうのを持ってきて」と揶揄された。

最後は例の水嶋だ。この時は相手が同性で、しかもかなり年上ということもあってかなりの間我慢した。正確に言えば、相手の意図が読めなかったせいで対応に苦慮した。気のせいか、それこそ自意識過剰ではと思ううちに複数人でのお茶だの飲みだのに誘われるようになり、割り切って応じているうちに今度は一対一での誘いを受けた。さすがに困惑しどうしたものかと悩んでいた時に運良く先方が昇進し、それを機に担当から外れたことで顔を見ることもなくなった。

たまにとはいえ、社用のメールに挨拶が届いてはいた。露骨な誘い文句があるのも珍しくない。けれど、それはすべて丁重に断った。

……もう、会うこともないと思っていたのだ。まさか、新年会で出くわすとは思ってもみなかった――。

ぼうっとしたまま、それでも勝手に身体が動いていたらしい。ふと気がつくと、千紘はネオンの明るい繁華街にいた。

思わず足を止め、何度か瞬く。改めて見回した周囲の建物にも、看板にもちらりと目に入った地名にもまったく見覚えがない。

狼狽えて、スマートフォンを引っ張り出す。新年会閉会からすでに二時間近く過ぎていて、そんな長い間何をしていたのかと――ずっと歩き回っていたのかと、自分で呆れた。

「……帰らない、と」

現在位置を確認し、自宅までのルートを検索する。駅名と方角を見極めて、早足にそちらへと向かった。

指先の冷えに、スマートフォンを持たない方の手をコートのポケットに突っ込む。指先に触れた何かを思い出す前に引っ張り出して、またしても足が止まった。佐山に揶揄された、ポスティング広告だ。

（小日向さんお得意の、誰かにつきまとわれてるってヤツですか）

浮かんだ台詞に頭を振ったものの、捨てる気になれずつい折り目を開いてしまった。

「これ、……」

右端の下に囲みで記された弁当店の住所は、先月まで住んでいたマンションのすぐ近くだ。確かチェーンの類いではなく、一家でやっている。

……今のアパートからは、電車を二度乗り換えた上に徒歩を含めて三十分の距離になる。つまり、この広告が入る理由がない。

（期待してるからそんな目に遭うんじゃないですかあ？）

ぞくりと走った寒気に、今度こそ広告を握りつぶす。目についたゴミ箱に突っ込んで、駆け足寸前で急いだ。ようやく辿りついた駅の出入り口から、階段を降りていく。

電車に乗ったとたん、また視線を感じた。そこそこに混んだ車内をさりげなく見回し、特にこちらを見る者がないのを確かめる。それでも、「見られている」感覚は消えない。

（では、またそのうち）

ふいによみがえったのは、水嶋の声音だ。べたついてまとわりつくような響きが向けられた視線と重なるようで、ひどく気分が悪くなった。

落ち着かない気分でルート検索し直し、ちょうど駅に着いたタイミングでホームに降りる。通路を移動し、別の電車に乗った。

……それでも視線を感じてしまうのは、自意識過剰だろうか。車内に空席はあるものの、立っている人もそこそこ多い。視線の主も不審な人も見当たらず、なのに神経だけがひどく尖った。

最後の乗り換え駅に着くまでを、果てしなく長く感じた。電車を降り、案内表示に沿って歩いて改札口を出る。複数の路線が入る駅のこと、階段を登った先の通路は急に広くなり通行人がどっと増えた。案内表示を探して見上げて、その時またしても視線を感じた。それも、単独ではなく複数だ。

それでなくとも走っていた心臓が、ぎゅっと縮んだ心地がした。風のない地下の構内で、コートを羽織ったままの背骨のあたりがすうっと冷えた。

駆け出したいが、そうするには人が多すぎる。できるだけ早足で人波を縫って、目的の改札口へと向かう。手前にある五段ほどの階段を降りようとした時、

「――っ、え、」

いきなり、背中に衝撃が走った。

次の瞬間には、もう身体が宙に浮いていた。間延びしたような時間の末に「落ちる」と覚悟した直後、横合いから強い力で引っ張られた。

鈍い音とともに、全身に衝撃が来る。けれど痛みらしい痛みはない。むしろ、何か弾力のあるものの上にいる、ような。

「……っぶね、——おい、」

ひどく近い声に聞き覚えがある気がして、千紘はそろりと振り返る。目に入ったのは、今朝にも出くわしたはずの——。

「かんりにん、さん……？」

「大丈夫か。怪我《けが》は？」

「へ、いきだと思……え、あの、どうして」

どうにか答えた後で、自分が階段の途中で座り込んだ隣人の膝に半分乗り上がる格好になっていたことを知った。

狼狽《ろうばい》して、すぐに思い出す。今、誰かに背中を押されなかったか。隣人が助けてくれなかったら、間違いなく下まで転がり落ちて怪我をしていたはずだ。悟って、今度は別の意味で心臓が冷えた。

「す、みませ……あ、りがとう、ございます……」

「いいけどあんた、挙動不審すぎ。厭でも目に付いたぞ。……立てるか？」

頷いて身を起こそうとすると、右足首に痛みが走った。つい顔を顰めたのに気づいたのだろう、先に腰を上げた隣人に肘を取られ、力強く引き起こされた。

「足首か。右だな」

「大丈夫、です。少し痛むだけなので、捻挫《ねんざ》というほどでもないと」

「わざわざ酷使してひどくする必要はないだろ。こっち」

腕を借りる形で誘導されて、存在すら知らなかったエレベーターに乗せられる。ホームまで降りると、間もなく電車が入ってきた。

ちょうど空いていた席に千紘を座らせた隣人が、自分は立ったままで目の前の吊革を摑む。無言で余所《よそ》を見ている彼の胸のあたりをぼんやり眺めながら、膝の上で組んだ指が小さく震えているのを自覚した。

四方八方から見られている気がして、落ち着かなかった。自分でも神経過敏になっていると悟って、それでも辛うじて安堵する。

少なくとも、目の前にいる彼は違う。それだけが、今の千紘のよすがだった。

■　■

釣りはいいです、という低い声で、我に返った。

タクシーの後部座席のドアが、音を立てて開く。そちら側に乗っていた隣人が先に降りて振り返り、「動けるか」と声をかけてくる。

どうにか頷いて、のろりと身体を動かした。右足首の痛みに一拍動きを止めたのに気づいてか、伸びてきた手が千紘の肘を取る。強い力で、けれど丁重に車から下ろされた。

「あの、……」

「とりあえずもう少しだけ、手」

降り立った千紘の背後から、タクシーが動き出す。つい振り返ったのと手首を取られたのがほぼ同時で、気づいて向き直った時にはもう、隣人は歩き出していた。

慣れているような、と何の脈絡もなく思った。

肘の支え方も誘導も、躊躇いがないのだ。何しろ千紘自身が右足首の負担を気にかける必要もなく、外階段を上がりきってしまった。

「部屋の鍵は」

言われて、慌ててコートのポケットから鍵を引っ張り出す。鍵を開けようとして、

「……、――っ」

今朝にここから引き抜いた、広告を思い出した。

無意識に、一歩二歩と後じさっていた。鍵を握った手を胸元に当て、ドアを見たままで、

確信のように「入れない」と悟る。

「おい？」

怪訝そうな声に、びくりと肩が跳ねる。見上げた先の隣人の眉が寄っているのを知って、どうにか気持ちを立て直した。

「せ、っかく、送ってもらったのに、すみません……おれ、今夜は駅前のホテル、に」

「……——なるほど？」

数秒、黙って見ていた隣人に、またしても肘を摑まれた。え、と思った時にはもう千紘は隣の部屋の前にいて、開いた玄関ドアの中へと押し込まれている。

「え、あの、ちょ」

振り返った先で、ドアが閉じる。長身の背中越し、施錠しチェーンをかける音がした。見慣れた間取りの知らない台所の中、向き直った男にさらりと言われる。

「大晦日の礼。今日はうちに泊まれば」

「と、ま……で、もあの時、は——駅前、のほてる、に」

「ホテルほど快適じゃないだろうが、客用布団はある。朝メシは行きつけの店で奢《おご》る」

「で、も——だ、からって」

それほどの関係ではなかったはずだ。ここまで連れ帰って貰っただけでもありがたいのに、これ以上などあり得ない。

思っているのに、わかっているのに足が動かなかった。そのくせ、言われるままに靴を脱いで奥の部屋へと足を運んでいる。

「足。一応見せてみろ」

「え、……は、あ」

押されるように畳に腰を下ろす。スラックスを引き上げ靴下を下げていると、長い指に踵《かかと》を摑まれた。ぎょっとする間もなくあちこちを押さえられ、「ここは」と各所の痛み具合を訊かれる。見た目の腫れや赤みはなく、走った痛みはごく軽い。

「これならサポーターもいらないだろ。あー……風呂は明日でいいか？」

「あ、……はい。あの」

「じゃ、これ寝間着な。サイズが合わないのは諦めろ。そのまま寝るよりマシなはずだ。あとは布団、か」

右足首に湿布を貼られ、洗濯したてらしい衣類一式を押しつけられる。押し入れから引っ張り出した布団にシーツをかけて電気毛布までセットしていくのを、ぽかんと眺めていた。

「着替えの手伝いが必要か？」

ふと振り返った男が、まだ衣類を抱えたままの千紘に言う。我に返って、慌てて言った。

「……！　いえ、じぶん、でっ」

「了解。ただし、戻った時にそのままだったら手伝うぞ」

本気とも冗談とも取れない台詞を残して、男は引き戸の向こうに出ていった。

自室のものより日焼けしたそれを眺めて、千紘は呆然とする。

見下ろした手の中にあるのは黒いスウェットの上下で、千紘が着るにはサイズが大きい。それ以前に状況が飲み込めない。

けれど、……今から自宅に帰る気には、なれない。

のろのろと着替えをすませ、着ていた服とコートを畳む。手持ち無沙汰に見回した部屋は殺風景で、壁際に低く並んだ書棚とそこに詰め込まれた本だけが存在をアピールしていた。

何の仕事をしている人なんだろうと思った時、「入るぞ」と声がした。振り返ると、マグカップをふたつ手にした隣人がひょいと頭を屈めて入ってくる。カップの中身と千紘とを見比べて言った。

「先に聞いた方がよかったな。コーヒーは飲めるか。インスタントでも平気か?」

「は、い。ありがとう、ございます……」

ぎこちなく頷いた千紘に、男がわずかに表情を和らげる。仏頂面か無表情か、困った顔しか知らなかったせいか、それがひどく意外に見えた。

「疲れてるところ悪いんだが、少し確認したいことがある。構わないか?」

「……はい。何か?」

「あんたが部屋に帰りたくないのは何でだ。怯えてるようにしか見えなかったが」

返事に詰まった千紘を、隣人はまっすぐに見据えてくる。その様子に、今さらに気づく。彼はこのアパートの管理人で、きっと愛着も強い。だったら気にならないわけがない。

「大丈夫です。部屋自体に問題があるわけじゃありません。今日は迷惑をかけてしまいましたが、今後は二度と」

「だったらどんな理由だ。何があった？」

「何って、だから」

「さっきの駅であんた、誰かに背中押されてなかったか？」

不意打ちの問いに、瞬間呼吸が止まった。声を失くした千紘を見たまま、隣人はカップを口に運ぶ。

落ちてきた沈黙の重さに、失敗したと気づく。即答で否定しなかった時点で肯定だ。

「……気の、せいかもしれません。大勢人がいたし、みんな先を急いでて」

「目立ってるって、出くわした時に言ったよな。あれ、あんただけ慌ててたからなんだが」

「そ、れは——疲れていたし、早く帰りたくて」

「やけに周囲を気にしてるようだったが？　電車に乗ってからも落ち着かなかったし、震えてもいたよな」

畳みかけるように言われて言葉が出なくなる。向けられた視線の強さに、こんな人だったのかと意外な気がした。

「部屋の鍵を、開けるのを怖がってただろう。誰か中にいると思ったか、それともここまで追って来られると思ったか。ストーカーにでも遭ってるのか？」

（小日向さんお得意の、誰かにつきまとわれてるってヤツですか）

低い声に、佐山の嘲笑《ちょうしょう》が重なる。ぐっと奥歯を噛んで、千紘は膝の上で手のひらを握り込む。爪の先が食い込む痛みに、馴染《なじ》みの失望が広がっていく――。

「それ、いつから始まってるんだ。本当にここまで来られたことは？」

「……え」

けれど、続いた声には揶揄も嘲《あざけ》りもない。思わず顔を上げるなり、こちらを見ていた隣人と視線がぶつかった。

長めの前髪の隙間から見える目を、何の脈絡もなく「きれい」だと思う。その時には、勝手に口から言葉が出ていた。

「じ、いしき過剰、かもしれない、んです。ここ、に引っ越してからは、ずっと何も、なく、て――昨夜の帰りにはじめて、電車の中で複数に見られて、る気がし、て……乗り換え、てもずっとそうで、あとを尾けられてる、んじゃないかって。でも、証、拠も何もなくて」

「何だそれ。突っ込みどころしかないんだが？」

露骨に顔を顰められて、思わず肩が縮む。全身を竦ませていると、手つかずで畳に置いていたカップを取られた。次は罵声か呆れの声かと覚悟した時、湯気のたつそれを押しつけられる。

「とりあえず飲め。少し落ち着け」

「……、――？」

混乱したまま、両手でカップを受け取った。まだ少し熱いそれを口に含んで、初めて口の中がからからに乾いていたのを知る。

それきり隣人が黙ったのを幸いに、千紘は何度か息を吐く。飲み終えたら礼を言ってここを出て、タクシーを呼んで駅前に行こう。改めてそう思った時、

「あとを尾けられたことはこれまで何度もあって、見られるってのは通常の意味じゃなくて、おまけに前に住んでた部屋でも帰りたくないようなことが起きてたってことだな」

「――、……？」

考える前に、顔を上げていた。

畳の上にあぐらをかき、さらに頬杖をついた隣人とまともに目が合う。遅れて言葉の意味を呑み込んで、それでも何が起きているのか理解できない。

「あ、の……？」

「尾けてきたヤツの心当たりは？」

黙って首を横に振った。それでは足りないとふいに思って、どうにか付け加える。

「自分でも探してみたんですけど、わからなくて――だから、気のせいかも」

「最初の質問に戻るが、背中を押されたことは間違いない？」

「……かもしれない、とは思いますが、確信は……確証もない、ですし」

「隣に帰りたくない理由は具体的に言えるか」

「それ、は……ポスティング、が」

言いかけて、言葉が止まる。いつの間にか下がっていた顔を上げ、思い切って言う。

「このアパートって、しょっちゅうポスティングが入ります、よね……？」

「いや？　どっちかっていうと珍しいぞ。通りすがりに廃屋と間違われることもあるくらいだし、意味がないと思うんじゃないのか？　さっきのタクシー運転手にも本当にここで降りていいのかって訊かれたしな」

とても微妙な顔で言われて、千紘はこくんと息を呑み込む。

「うちには、しょっちゅう……週に四度は入るんです。今朝は紅葉弁当の広告で、それも前に住んでたマンションの近くの店の、で」

「紅葉」と繰り返した隣人が、口を「へ」の字にする。目を細めて言った。

「それ、まだ持ってるか」

「出先で、捨てました。今までのは、ろくに見ずに捨てて、て」

だから通常の広告かもしれない、けれど――隣人の言い分からすればポスティングは「千紘の部屋」にだけ入っていた可能性が高く。

「前に住んでいた部屋でもそういうことがあったわけか。他には？」

「公衆電話からの無言電話、とか。通勤退勤の時にあとを尾けられたり……郵便受けに白紙や、妙な写真が入った手紙が入ってたり、業者は集合玄関前までしか来られないはずなのに、自宅玄関横の新聞受けに広告が押し込んであったり」

「それはいつから」

「夏、くらいから、引っ越すまでほとんど毎日……でも、気のせいかもしれないです、し」

「何でだ。連日なら確定だろ。——警察には？　届けてないのか」

胡乱《うろん》そうな問いに、苦い笑いがこぼれた。

「以前、似たようなことで相談したことがあるんですけど、まともに相手にされなかったんです。それと母が少々顔と名前が知られた人なので、迷惑をかけないためにも避けたいです。……前のマンションの管理会社には、自意識過剰だと笑われて終わりました」

「だったら職場は。通勤退勤で尾け回されるなら相談できるんじゃないのか」

「それが、おれは直属の上司からは毛嫌いされているので……以前、取り引き先の相手とトラブルがあった時に総務には相談してみたんですけど、おれの態度が誤解を招いたんだろうから、自分で始末をつけるようにと」

こみ上げてきた息苦しさにいったん言葉を切って、千紘は続ける。

「軽いつきまといはとことん回避するか引っ越すか、相手が失望するようなことをするかでどうにか有耶無耶にできていたんです。それで、他に手段を思いつかなくて」

「はあ？　じゃあ、あんたがここに引っ越してきたのは」

「衝動的にと言いますか、とにかくすぐにでも前のマンションを出たかった、ので」

「何だそれ、逆行ってどうするよ」

呆れたような、困ったような顔で、隣人が息を吐く。頬杖をついていたはずの手で、彼自身の顔を半分覆っての台詞に、千紘はきょとんと瞬いた。

「逆、……？」

「その状況で引っ越すならセキュリティ増強必須だろ。うちなんかインターホンもついてないってのに何でまた……あー、明日にでも知り合いの不動産屋を紹介してやるよ。あんた丁寧に使ってくれてるみたいだし、敷金は返すからもっと安全な部屋に引っ越しを」

「厭です」

考える前に、即答していた。

「いや待てって。引っ越しの時に言われてただろ、あんたはここに不似合いってか、掃きだめに鶴ってやつで」

「おれはここが気に入ってるんです。それに、今の話はアパートの賃貸契約には抵触していません。退去を求められる理由になりません」

「あのなあ……あんた、自分が危ない状況だってくらい」

「オートロックの集合玄関って、方法次第で部外者でも簡単に入れるんですよ」

発した声が平淡になったのが、自分でもはっきりわかった。胡乱な顔をした隣人をまっすぐ見返して、千紘は言う。

「インターホンがあっても玄関前まで来られたら同じことです。カメラで誰が来たかわかったところで、一階に住まない限り逃げ場はありませんよね。かと言って、一階に住むと侵入口を増やすことになりますし。館内に監視カメラがあったとしても、許可が出ずに閲覧できなければないのと同じです」

「いや、だから。どっちにしても逃げ場がないなら、せめてセキュリティを」

「ここのベランダ側って雑木林ですよね。万一ドアを破られたとして、飛び降りても最悪骨折くらいですむと思うんです。――前のマンションはロフトつきだったので二階でもかなり高くて、おまけに外は道路だったので、下手すると死にますから」

事務的に言う千紘に、隣人は渋い顔でため息をつく。

「……飛び降りて怪我する前提かよ」

「それで面倒が終わるなら、むしろ望むところですね」

いい加減、うんざりだ。唐突に、千紘はそう思う。

もう、こんなのは真っ平だ。いつまで続くのか、どうすれば終わるのか。――終わらせることが、できるのだろうか。

「あんた、完全に自棄になってるだろ」

「……え」

「早く決着がつきさえすれば、他はどうでもよくなってるよな？　それ、もう考えたくないほど疲れ果ててるせいなんだよ。違うか？」

「そ、れは……」

言葉に詰まった千紘を眺めて、男は「あのな」と居住まいを正した。

「そんだけのことが起きた場合、大抵の人間はセキュリティを上げるのを優先する。オートロックにしろインターホンにしろ、穴があっても手段としては有効だ。安心もするしな」

「あん、しん……」

「どれだけ用心しても絶対はない。だからこそ用心するし、手段を増やすんだろ。……けど、あんたはなあ。もうそんなんじゃ安心できないほど、疲れてんだよ」

「つ、かれてます、か……？」

「精神的に追い詰められて自暴自棄になったあげく、自分を囮《おとり》に決着をつけた方がマシだって結論に至ったようにしか見えないが？　けど、それだと危ないだけじゃなくかえって長引くかもしれないぞ。無理してひとりで頑張らず、誰かに助けてもらったらどうだ」

声音には揶揄も、嘲笑も疑惑もない。ただ、まっすぐに千紘を見据えている。

その光景が――言われた内容が、信じられなかった。

「た、すけ、て……？」

「そう」

「で、も。で、たらめ、だとか……へらへらしてて、誰にでも媚《こ》びるからそんな目に遭うとか、自分で蒔《ま》いた種、とか」

「あー、だから悪かったって」

ばつの悪い顔をした隣人が、申し訳なさそうに頭をかく。深く、頭を下げてきた。

「あんたをろくに知らない頃は、確かにそう思ってた。けど、今まで見た限り——話を聞いた限り、あんたは寛大すぎってか、面倒を起こしたくないだけなんだよな？　基本はむしろ真面目ってか普通。自意識過剰があるとしたら、逆の意味。自分に対する意識が過剰に低い。てか、自分の扱いが適当すぎ」

「……、——」

「何言われても、何されても基本受け流すか、我慢しすぎて嘗められてる方だろ。反論できないほど弱いわけじゃないのはあんたの友達の件でわかったし、ってことはやっぱり寛大ってことでいいのか？」

首を傾げる隣人を前に、ふいに何かが大きく傾いた気がした。辛うじて、ギリギリで保っていたもの——今日一日で決壊するかと思えた何かが、瓦解《がかい》するのではなくほどけていくような、感覚。

「どっちにしろ放置するわけにもいかないか。明日にでも知り合いの弁護士に対策ってか、対処法とか聞いてみるから……って、おい？　え、何がどうしてそうなったっ⁉」

「……、は、い――？」

どうにか声を発した千紘は、その時初めて自分の声が滲《にじ》んでいるのに――視界が大きく輪《りん》廓《かく》を失っていたことに、気がついた。

■　■

目が覚めて最初の違和感は、明らかに自分のものではない布団の感触だった。そのせいか一気に眠気が引いて、直後に大混乱した。

天井の造りそのものは同じなのに、目に入る木目が「違った」からだ。思わず飛び起きるなり目に入ったのはぎっしりと中身が詰まった書棚で、黒いそれにも並んだタイトルにもまったく馴染みがない。そのくせ、押し入れの一角にだけ見覚えのあるものがかかっている。自作のスーツだ。加世子と愛梨から「新年会にちょうどいい」と保証を貰った――。

「……最悪」

逆回転するように巻き戻った記憶は、やたら鮮明だった。

知人でしかない相手の前で弱音を吐き、駄々を捏ねた上に意固地になって泣き出した。それだけでもあり得ない醜態なのに、記憶は半端に途切れていて、自分で布団に入った覚えがない。――にもかかわらず今の自分は布団の中にいる。

「――、……」

かたつむりか、亀になりたい。と、ぽつんと思った。

うう、といううなり声が喉からこぼれる。布団を被って隠れたい気分になったものの、ここは自宅ではなく隣人宅だ。

頭を振って、急いで着替えにかかる。幸いにして、右足首の痛みはほぼなくなっていた。

布団からシーツを剝がし始めたところで、引き戸の向こうから「起きたのか」と声がする。慌てて返事をすると、開いたそこから隣人が顔を出した。

「おはよう、ございます。その、昨夜はいろいろ迷惑を」

「それはいいがあんた、足首の具合は？」

訊く声にあるのは懸念だけで、揶揄は欠片もない。それはわかったものの、顔が熱くなるのはどうしようもない。

「大丈夫です。違和感もなくなりました」

「だったら着替えと風呂にいったん帰るか？　ああ、布団はそのままでいいぞ」

促されて、申し訳なさと身の置き所のなさに肩を縮めながら玄関先へと向かった。もう一度詫びと礼を言い、外廊下から自宅に入ろうとして、

「……あの？」

どういうわけだか一緒に出てきた上、真横で腕組みをして見ている隣人を見上げた。

「大丈夫か。今日は入れる？」

「だ、いじょうぶだと、思います。あの、本当にいろいろ、ご面倒、を」

落ち着かない気分で、急いで鍵を開ける。最後の挨拶をと目を向けた時には、すでに隣人は彼の自宅ドアの前にいた。思い出したように、千紘に目を向けてくる。

「詳しい話はあとでな。一時間ほどで迎えに行く」

「は、い……？」

瞬いた千紘をよそに、長身がドアの中に消える。それをぽかんと見送ってから、千紘は自宅に足を踏み入れた。


世の中、何が起きるかわからない。

ということを、ここまで痛感したのは初めてだ。

「あー……覚えてなかったか。あの時あんた半分寝てたしな」

窓辺の席でモーニングセットを口に運びながら、向かいに座った隣人は納得顔で頷いた。

念のためシャワー後に外出準備をしていたら、本当に迎えが来たのだ。玄関先で戸惑っていたそのままであっさり「行くぞ」と言われ、問い返す余裕もなくついてきた先がここ――アパートから徒歩七分の、千紘は存在すら知らなかった昔ながらの雰囲気の喫茶店だった。

「あの、おれ何か失礼なことでも……」

「いや全然。とりあえず、どこまで覚えてる？　弁護士に相談してみるってのは」

「そこはちゃんと覚えてます、けど」

「ならいい。さっき連絡は取れたんで、会うのは今日の夕方だな。軽く相談って形なんで、時間は短くなるんだが」

当然のように付き添うと言われて、いくら何でも甘えすぎだと居たたまれなくなった。

「とてもありがたいとは思うんです、けど。管理人さん、にそこまでしていただく理由が」

「西宮《にしみや》」

「え、？」

「俺の名前は、西宮京士郎《きょうしろう》。昨夜自己紹介したんだが、そこは覚えてない、か。それなら、この際友人になろうって話も？」

「は、――え、えええ⁉」

自己紹介云々《うんぬん》はともかく、後半が予想外すぎて言葉が出なかった。箸を握ったまままじまじと見返すと、隣人は少し困ったように言う。

「やっぱり厭だって言うなら無理にとは」

「い、いえ、厭ってことは全然。でも、おれ最初から管理人さんには迷惑しか」

「西宮」

「……西宮さんには面倒しかかけていないので、友人はいくら何でもおこがましいと言いますか……西宮さん、はそれでいいんでしょうか……？」

そろりと言ってみたら、「厭なら最初から言わない」と苦笑された。

「むしろ興味が湧いた。もっと正確に言うと気に入った」

「……は？　え、おれの、どこが」

「秘密」

即答とともに、前髪の隙間から見える隣人の目元がふと柔らかくなる。それが意外で、そのせいか勝手に顔が赤くなるのを感じて、つい手で口元を覆っていた。

「えー……ちょっと訊いてみるんだが。あんた、何赤くなってんだ」

「いや、その……おれ、友達とかあまり多くなく、て。その、慣れないといいますか。その、子どもの頃はやたら引っ越しが多くて、その後もいろいろ事情というか、面倒があって」

小中学校の時は諦めていたし、高校三年間はクラス内で浮いたまま輪に入れず終わった。専門学校で親しくなった「友人」は在籍中の諸々《もろもろ》や、千紘の「コネ入社」を知って離れていった。今の千紘が友人と呼べるのはそんな中でも辛うじて続いた数名と、愛梨のように学校とは関係ない場で知り合った者ばかりだ。

「……あんた、中身は本当に普通だよな。見た目でかなり損してないか？」

「どう、なんでしょう。だとしても、自分ではどうしようもないので」

千紘の返答に、隣人――西宮が頷く。「大変そうだな」という言葉に、つい苦笑した。

「小日向、だっけ。その髪、短くする気はないのか？　それだけでも印象違うだろ」

「ああ、」

頷いて、千紘はいつも通り首の後ろで束ねて丸めた髪に触れる。洗い立てだからか、いつにもまして柔らかい。

「定期的に揃えてはいるんですけどね。何となく、切りそびれてて」

「ってことは、好きで伸ばしてるわけじゃない？」

「母親の意向で、物心ついた時にはこうだったんです。中学入学の時も、絶対切らせないって言い出した母が校則が緩い学校を探して引っ越したくらいで」

昨夜から思っていたことだが、西宮は言葉への反応が敏感だ。ほんの少しの言い回しで、その裏を指摘してくる。今、千紘がほとんど意識していなかったことを突いてきたように。

「そういえば、もう自分で自由にしていいんですよね。今、気がつきました」

「まあ、誰しもそういうものはあるよな。――お、じゃあそろそろ行くか」

ふと腕時計を見た西宮が、軽く言って席を立つ。カップを手にしたままできょとんと見上げた千紘に、にやりと笑ってみせた。

「あんた、今日は暇なんだろ」

「ですけど。おれ、また何か忘れてますか」

苦笑いして、カップの中身を飲み干す。先にレジへと向かった背中を追いかけ、少々の言い合いを経て支払いを勝ち取った。駅まで歩くという西宮について先を進むと、横から軽い笑いが落ちてくる。

「大晦日の礼に出すって言ってんのに、あんた意外と頑固だよな」

「お礼ならもう返してもらってますよ」

「はいはい。ところでその敬語、もうやめないか？　どうせそう年齢も違わないだろ」

「そちらの方が年上だと思うんですが。おれは今年二十七なので」

言ったとたん、西宮がいきなり凝固した。気まずそうな顔で、改めて見下ろしてくる。

「あー……こっちのが下だな。俺は年末に二十五になったんで」

「え」

「けど友人だろ。面倒なんでお互い敬語はなし。で、どうだ、小日向サン？」

にや、と笑う西宮に、千紘は一拍思案する。こちらもにやりと笑みを返した。

「呼び捨てでいいよ。サン付け、慣れてなさそうだし。——で、そろそろ訊いていいかな。どこに行く約束だったっけ？」

ああ、と頷いて西宮が顎をかく。少し困ったように言った。

「プラネタリウムに行こうかと」

「星？　それってきみの趣味？」

そう、と返す西宮を、少し意外な気持ちで見返した。そんな千紘に、彼は言う。

「あんたは趣味じゃないかもしれないが、まあ気分転換にはなると思うぞ」

■　■

「小日向さん、最近何かありました？」

打ち合わせが一段落したタイミングでふいに言われて、千紘は瞬く。目の前の女性スタッフ――山中《やまなか》を見た。

「特には、何も。どうしてですか」

試作デザインの、パターンの見直しをしていたのだ。トルソーにかかったデザイン複数点のシルエットを確認し、細かい部分のフィット感や皺の状態によって型紙を修正するという、重要な過程だ。

「何となく？　最近、表情が変わったなーと思いまして」

「表情、ですか」

千紘の母親とさほど変わらない年代の山中は、優秀なパタンナーだ。毎回、決まったように千紘のチームに入る彼女は、常に柔和な笑みを絶やさないことから、地顔そのものが笑っているんだろうと他のスタッフからよく言われている。口数はそう多くないが居るだけで場の空気を和ませてしまう人で、千紘にとっても警戒せずにすむ相手だ。

「今、ここでふたりきりだから言っちゃうんですけど。小日向さん、ずいぶん柔らかくなったっていうか、よく笑うようになりましたよね」

「そう、ですか……？」

心当たりのなさに、千紘は軽く首を傾げる。

この打ち合わせがふたりだけなのは、本来参加するはずだったスタッフが急な私用で早退したためだ。それでなければ確かに、スタッフと「ふたりきり」になる機会はまずない。

「余計なことかもしれませんけど、ちょっと気になってたんです。最近、佐山くんの態度があまりにあまりなものだから」

「気になるって、……おれが、ですか？」

「佐山くん、すごく露骨になってるでしょ？　ごめんなさいね、わかってるんだけどなかなか間には入れなくて」

悄然と言われて、少し驚いた。何度か瞬いて千紘は苦笑する。

「気にしないでください。あれは、佐山くんとおれの間の話なので」

千紘の知る限り、佐山は他のスタッフに対しとても愛想がいいのだ。下手に間に入るより、関与しない方が彼女にとってはいいに決まっている。

山中のことは仕事上信頼していたけれど、こんなふうに声をかけられたのは初めてだ。気遣いだけで十分嬉しい。そう思ったら、するりと言葉が口から出ていた。

「新しい、友人ができたんです。仕事帰りや休日にも、いろいろ連れ出してもらってるんです。今まで知らなかったことに接する機会が増えたので、そのせいかもしれません」

「そうなんですか。よかったですねぇ」

優しい顔で言われて、千紘は頷く。次の打ち合わせ日時とそれまでにやっておくことを確認し、山中を送り出した。

今日入っていた予定は、これで終わりだ。午前中には展示会に使う服地の未決分について、最終候補を絞り込んだ。こちらは週明けに最終決定することになる。

ひとつ息を吐いて、千紘はトルソーにかかった試作品に目を向ける。こちらに使う布地は、すでに確定し納品済みだ。全体のバランスを確認し、待ち針で細かく調整してから少し離れて眺めてみた。……まだだ。もう少し、ほんのわずかイメージと違う。

――先日のコンペで、佐山のデザインは通らなかったのだそうだ。

チーフから叱咤《しった》激励され現在進行形で鍛えられているとか、ひどく荒れて仕事が投げやりになっているとか、夜な夜な飲み歩いているとか。噂こそ耳に入るものの、チーム別に展示会の準備に入ってしまえば彼との接点はまずない。休憩も食事も状況次第で、それぞればらけてしまうためだ。今日の千紘も予定や状況のズレで時間が取れず、十五時前になってやっと昼食を取っている。

それに——千紘自身、わざわざ佐山に会いたいとは思わない。

「う、わ……もう、こんな時間っ」

パターンの見直しが一段落したところで、すでに終業時刻が過ぎているのに気づく。慌てて身支度をし、自室を施錠してエレベーターに飛び乗った。

明日から週末休みに入る今夜は、西宮と夕食の後でレイトショーに行く約束があるのだ。気が向けばＤＶＤレンタルをする程度の千紘と違い、西宮はかなりの映画通だ。それもいわゆる有名作より、Ｂ級作品やあまり知られない名作の方が好きだという。

海外作品や監督、俳優にもかなり詳しいようで、観る前にネタバレにならない程度の注目点を教えてくれるのだ。おかげで疎い千紘でも展開に置いて行かれることなく、それなりに楽しんでいる。そのあたりは、おそらく彼の仕事の影響もあるのだろう。

西宮の仕事は海外書籍を含めた諸々の翻訳で、頼まれれば通訳もするのだそうだ。たびたびの外出は資料や参考文献を探すため、書店や図書館に通っているのだという。

ちなみに、千紘の仕事もその時初めて西宮に話した。「ああ、なるほど」と納得されてしまった理由が少々気になるものの、何となく聞きそびれている。

初めて連れ出されたプラネタリウムでも思ったことだが、西宮の視点は独特だ。言葉に敏感なだけでなく、目敏《めざと》くいろんなことに気づいている。知っているはずのことでも彼の口から訊くと別物に思えてくることがあるくらいだ。

待ち合わせ場所は千紘の職場にほど近い、以前通勤で使っていた路線の駅だ。余裕を持って決めたはずが、駅舎が見える頃にはすでに定刻を過ぎていて、千紘は足を速める。

「ごめ、……待たせ――」

「だから走るなって。また躓《つまず》いたらどうする」

息を切らして駆けつけたとたんの返事がそれで、つい笑いそうになった。どうにか息を落ち着かせてから、千紘は改めて友人を見上げる。

「……ずっと思ってたけど、きみ、おれが相当そそっかしいと思ってるよね」

「間違いないだろ。見かけによらず注意力散漫」

けろりと返す西宮を、軽く睨む。目線より少し低い位置にある広い肩を、こぶしでどついてやった。びくともしない男にむっとしていると、長い指先に鼻の頭を摘《つ》まれる。

「そんな顔してると不細工になんぞ」

「別になってもいいけど」

「やめとけ、勿体ない」

く、と喉の奥で笑う西宮は、相変わらずのぼさぼさ頭にどっさりしたコートだ。長身に全身黒ずくめで長めの顔が目元を隠しているせいで、全体的に印象が重い。それとは裏腹に、隙間《すきま》から千紘を見下ろす目は穏やかで柔らかい。

「髪。切る気はないんだ？」

「ないな。気に入らない？」

「そういう話じゃなくて、……勿体ないなって。せっかくきれいな目をしてるのに」

とたんに西宮は顔を顰めた。手のひらで顔を覆ってしまい、完全に表情が見えなくなる。

「だから、そういう台詞はな」

「友達にお世辞言う趣味はないよ。ただ、おれがそう思っただけ。けどそれはおれの勝手な言い分だから、無理に言う通りにしなくていい。っていうより、納得できないんだったらする必要がない」

「あんたさあ、本っ当……」

手で顔を覆ったままの男に、やたら大きなため息をつかれてしまった。気に障ったかと気になって見上げると、ややあって大きな手がぽすんと頭上に乗ってくる。

「で？　夕飯はどこに行くんだ」

「職場の先輩からオススメの店を聞いたんだ。ここから歩いて十分のダイニングバー。和風創作って聞いたけど、平気？」

「問題ない」

頷いた西宮を案内して、千紘は教わったばかりの店へと歩き出す。

――山中には言わなかったけれど、西宮と友人になって大きく変わったことが他にもある。対等な友人ができたことで、いろんな意味で余分な力が抜けたようなのだ。気のせいか、視野も広がった気がする。

今夜は映画だが、他には博物館にも行った。先週末は西宮の提案で、名前を知っているだけだった有名テーマパークに出向いた。

テーマパークの存在こそ知っていたものの、名称以外にろくな知識がなかった千紘を、西宮は呆れ顔で見下ろしてきた。

(前から思ってたが。あんた、ガキの頃にろくに遊んでなかったろ)

(ここに関しては、一緒に行こうって誘われたのを断ったんだよ。その、母と一緒だと目立つ上に、恋人も一緒だって言うからさ。当てられて、放っとかれるのが目に見えてたし)

だからといって、無理に我慢していたつもりもないのだ。留守番していても料理したりデザインを描いたり、それを実際に形にしたりと楽しいことはいくらでもあったし、その方がずっといいと本気で思ってもいた。

けれど、西宮と出向いてみれば予想外に楽しかった。目新しいものが多い上に、色彩や造形にも面白いものが多い。何より、隣で真剣に遊ぶ西宮の顔を見ているだけで、千紘も素直にアトラクションにのめり込むことができた。

嘘みたいだと、今でも思う。二週間前までただの隣人でありアパートの管理人でしかなかった相手と、今はプライベートでほぼ一緒にいる。それが居心地よくて、当たり前になっている自分が不思議で仕方がない。

もちろん、だからといって抱えていた問題がなくなったわけではない。

ポスティングの件では西宮が住人たちに注意喚起してくれたらしく、あの翌々日に一階の住人から「眼鏡《めがね》かけた若い男だったよ」との報告を貰った。これまでも何度かやってきて、二階に上がってすぐ帰るのを見かけていたという。当然のようにその住人たちのところにポスティングはなく、気になって声をかけたら逃げられたらしい。次に見たら箒《ほうき》で叩いて追い返す――と息巻かれたため、西宮とふたりがかりで宥める羽目になった。それが大きかったのか、以降チラシはいっさい入って来ない。

尾けられている、と感じることは今も時折ある。そういう時はあえて複雑に電車を乗り継ぐことで振り切れるようになった。代わりのようにあの翌日からほぼ毎日、公衆電話からの無言電話が来る――そう、今のように。

唐突に響いた電子音に、無意識に肩が跳ねる。弁護士のアドバイスに従って着信音を設定したため、デフォルトのそれが鳴るのは未登録の番号か、非通知でかかってきた時だけだ。

「公衆電話？」

ちらりと画面に目をやった千紘に、向かいで食事していた西宮が言う。それへ、ため息交じりに頷いた。

「いつもの番号」

「証拠ゲットか」

「まだ頻度が少ないんじゃないかな。この程度なら抵触しないとか言われそう」

「あー……」

着信音をBGMに、微妙な顔の西宮を見返しながら何となく笑えてきた。

着信の類いを問題とするには「尋常でない」と認められるだけの状況証拠が必要——とは、西宮の紹介で相談した弁護士から教わった。連日であっても回数が少なければ難しく、回数が多くてもある程度間が空いているとまた認められにくい、らしい。ポスティングは保管と記録、あとを尾けられた時も記録はしておく必要がある等、改めて聞いてみれば知らないことが多かった。

すべきことが見えてくれれば視点は定まるし、記録し始めれば冷静に状況を判断できる。けれど、それも西宮の存在があればこそだ。

（何かあったら、夜中でもいいから壁を蹴れ。すぐ行く）

真顔でそう言ってくれる人が身近にいるのが、これほど心強いとは思わなかった——。

しつこく鳴り続けるスマートフォンを脇に置いていたコートのポケットに突っ込んだ時、今度は別の着信音が鳴った。今度は西宮の方だ。

画面を見るなり顔を顰めた西宮が、「ちょっと悪い」の一言で席を立つ。長身が店を出ていくのを見送って、千紘は食事の続きに戻った。わざわざ席を外すということは、たぶん相手はあの少年——実は成人しているという彼だ。

千紘の前にはいっさい姿を見せない彼は、一階の老女の話ではたまに出入りしているという。当然ながらつきあいが続いているらしく、こうして西宮といる時にはたびたび通話やSNSの着信がある。それが気になって先日「本当に自分と友人でいていいのか」と訊いてみたら、西宮はむしろ胡乱な顔をした。

(だから俺とあんたが友人でいちゃいけないって理屈でもあるのか)

彼にとっては別問題なわけだ。納得して、千紘は以降気にしないことにしている。

じきに戻ってきた西宮と、食後のコーヒーをゆったり楽しんでから店を出る。目当ての映画館は、ここから歩いて十分ほどの場所なのだそうだ。

書店を見つけた西宮が、「ちょっと」と言い置いて入っていく。それを見送って、千紘は通りを行く人波へと目を向けた。見知らぬ人を観察して最も似合うデザインをイメージするのが、子どもの頃からの密《ひそ》かな趣味なのだ。

「小日向さんっ」

突然声がかかったのは、その時だ。顰めっ面を寸前で引っ込めて、千紘は意識して「いつもの顔」を作る。——その声に、厭というほど聞き覚えがあったからだ。

「あれえ。急に顔変えないでくださいよー。今の今まで全然違う顔してたじゃないですかー」

駆け寄ってくるなり千紘をじろじろと見下ろしたのは、佐山だ。どうやらアルコールが入っているらしく、顔が赤らんだ上に吐く息がアルコール臭い。

「……おれに何か用でも？」

「用ってそんな、冷たいなあ。こんなところで出くわすとか奇遇じゃないですか、オレ運命感じるんですけど？　何やってんですかこんなとこに突っ立って」

佐山の言葉も声の響きも、新年会以前とほぼ同じだ。けれど、こちらを見る目は以前よりも濁っている気がする。

「ずいぶん暢気《のんき》ってか暇そうですねえ。オレもですけど、みんな展示会の準備でいっぱいいっぱいなのに。まあ、小日向さんなら当たり前かもしれませんけど？」

「スケジュールはそれぞれだからね。チームが違えば進捗《しんちょく》も違って当たり前じゃないかな」

「それコツでもあるんです？　ちょっと教えてくださいよ。どうせ暇なんでしょ？」

言い切られ、摑まれた腕を引かれた。それを押しとどめて、千紘は平淡に言う。

「断る。連れがいるんでね」

「連れって、もしかして彼女とデート中とか？　そういや、相手ができたって噂ですもんねえ。だったら彼女も一緒でいいですよ。どんな人なのか興味あるし？」

「……きみ、人の話を聞いてる？」

言いながら、千紘は佐山の腕を振り払う。にもかかわらず、すぐに同じ場所を摑まれた。

「今度こそ本命だってすごい噂ですよ？　小日向さんの雰囲気も顔も全然違うって。確かにそうみたいですねえ、さっき見た時一瞬誰かと思っ……」

「——何をやってる？」

低い声とともに、佐山の腕が別の手に掴まれる。「いっ」という悲鳴じみた声がしたかと思うと、千紘の肘に絡んでいた指がようやく離れた。直後、自分の腕を庇うように抱えた佐山が怒鳴り声を上げる。

「そっちこそ何すんだよ！　警察呼ぶぞ！」

「どうぞ？　先に手を出したのはそっちだっておれが証言するよ」

「え、」と気の抜けた声を上げて、佐山がこちらを見る。それを、意図的に無視して西宮を見上げた。見下ろす視線に気遣いを感じて、それだけで千紘はほっとする。

「悪い、離れるんじゃなかったな」

「いや大丈夫、こっちこそありがとう。じゃあ佐山くん、おれはこれで」

西宮の肩を押すようにして、千紘はとっとと佐山に背を向ける。直後、「ちょっ」との声とともに、コートの背中を引っ張られた。仕方なく振り返ると、佐山は初めて見るような凶悪な顔で、千紘とその隣の西宮を睨んでいる。

「誰ですか、そいつっ」

「おれの友人だけど、それが何か？」

「はあ？　友人って、こんっなださくてもさくてみっともないオッサンが？　あり得ないと思いますけどー？」

吐き捨てるような侮蔑に、心臓の奥が冷たくなった。

背後にいる西宮が、身動ぐ気配がする。後ろ手に彼のコートを摑んで、千紘は冷ややかに言い返す。

「……いくら何でも失礼すぎないかな」

「何でです？　ああ、本当のことだから言っちゃ駄目とか？」

とたんににやにや顔になった佐山は、興が乗ったように続けた。

「小日向さんもねえ。友達もいなさそうだし、社内ではチーフに嫌われて誰にも相手にされないしで寂しいんでしょうけど、遊び相手くらい選んだ方がいいと思いますよー？　せめてもっとまともな相手でないと、仕事の参考にもならないじゃないですかー」

「おれの友人が誰だろうが、いつ会おうが遊ぼうがきみには関係ないよね」

「うわ必死、ていうかそんなに友達いないんだ？　可哀相に、だからオレが遊んであげるって言ってんじゃないですかあ」

「願い下げだ。頼まれても断る」

躊躇いなく、一刀両断した。

よほど意外だったのか、佐山の顔からにやにや笑いが抜け落ちる。眦《まなじり》を吊り上げて言った。

「は？　ちょ、何言っ……」

「きみがおれを嫌ってるのは知ってるし、それはそれできみの自由だ。――けど、だからといって大事な友人を侮辱される謂《い》われはない。もう二度と、仕事以外で声をかけないでほしい。もちろん社内でもだ。おれも、個人的には二度ときみに関わる気はないから」

「へ、……？」

呆然とした様子の佐山を放って歩き出す。怒りで目が眩《くら》んでいたらしく、いつしか千紘は商店街を通り抜け、大通りを渡る横断歩道前にいた。

西宮の腕を、がっちり抱え込んだままで。

「……小日向」

低い声に、上から呼ばれて慌てて手を放した。急に走り出した心臓を押さえておそるおそる顔を上げると、そこには相変わらず仏頂面の友人が立っている。

目元を半分隠して、そのくせありありと困った気配を見せたまま。

「ご、め……め、いわく、だけじゃなくて、厭な思い、させ……」

「気にしなくていい。自覚済みというか、最初から釣り合わないと思ってたしな」

え、と千紘は瞬く。今度こそまっすぐに、西宮を見上げた。

「な、にそ――つ、りあわない、って」

「情けなさすぎて言えなかったんだが。……まあ、今になるまで黙ってたこと自体、相当情けない話だよな」

　ぽそりと言って、西宮が短く息を吐く。しばらく千紘を見下ろしてから言った。

「引っ越したての頃、俺があんたを無視してたのはむかついたからなんだ」

「は、……？」

　いきなりのことに、虚を衝《つ》かれた。

　言葉もなく見上げた千紘に、西宮は複雑そうな笑みを向けてくる。

「俺はこの見た目だろ？　ガキの頃から愛想がないだの顔が怖いだの、ださいだのみっともないだの……隣にいられると恥ずかしいだの言われ続けててな。さすがにどうにかしようと足掻《あが》き出した高校ん時に、あんたによく似たヤツから思い切り馬鹿にされたんだ」

「おれ、に、似てる、ひと……？」

「元が元だから何をやっても無駄。不細工が頑張ったところで惨《みじ》めなだけだから身の程をわきまえろ、だったたか。――それだけでも、かなりダメージがでかかったんだが」

　場所が放課後間もない教室だったことも悪かった。率先して揶揄した相手とは別に、残っていた女生徒を含むクラスメイトにまで囃《はや》し立てられたのだ。その千紘似の生徒とは三年間同じクラスになってしまい、新学年になった時はもちろん、それ以外でも日常的に話を蒸し返され、笑い者にされた。仕上げに卒業式の後にまで絡まれた西宮は、その時点で自分の見た目については「元が元だからどうしようもない」と諦めた――という。

「もちろん小日向とは何の関係もない別人だ。それはわかってたんだが、最初の時のアレで久しぶりに思い出して、つい、な」

「……――」

黙って聞きながら、けれどすとんと腑《ふ》に落ちた気がした。

……引っ越しの時、千紘自身は一度もアパートを貶していない。なのに、西宮は当初から千紘を無視した。こちらの説明も、弁明も聞こうとしなかった。

友人としてつきあうようになればなるほど、それが「らしくない」と思えて仕方がなかったのだ。

「言い訳にしかならないが、間も悪かった。仕事の納期が押してて寝不足だったし、余裕もなくてな。……今さらだが、ろくでもない態度で悪かった」

潔く、頭を下げられた。

いつもは見えない頭のてっぺんを目の前に、千紘は深く息を吸い込む。ぐっと奥歯を噛んで言った。

「許す代わりに条件がある。……って言ったら、どうする？」

「俺にできることならつきあう」

「即答していいんだ。内容確認は？」

「全面的にこっちが悪いんだ、そんなもん無用だろ」

まっすぐに見返され、はっきり断言された。それならと、千紘はおもむろに口を開く。

「レイトショーは別の日に延期で。今日これからと、明日――はおれは先約があるから、明後日も一日おれとつきあうこと。その間、反論と抵抗は認めない」

「わかった、が……あんた、何す――」

怯《ひる》んだように身を引きかけた西宮の腕を、再び抱え込む。何か言おうとしたのを視線で黙らせて、ちょうど青になった横断歩道を渡った。

正面のビルに表示された時刻は、十九時半を回ったところだ。おあつらえ向きに、今思いついた行き先はここから歩いて数分の距離になる。

歩きながら連絡すると、幸いにもすぐ責任者に繋いでくれた。先日千紘自身が世話になったばかりの人に、「これからひとり連れていく」と話して許可を得る。

「お、おい……小日向……？」

「それ、やめない？」

「……は？」

「千紘でいいよ。できればおれも、名前で呼びたいんだけど……きみが、厭でなければ」

佐山と同じように呼ばれるのは厭だと、強く思ったのだ。自分の内側だけでなく、外から見える明確な形で区別したかった。

「いや、その……いいのか？　俺は」

「いいも悪いも。だったらそれも条件のうちでよろしく。京士郎……京、はあの子から呼ばれてたよね。だったら士郎って呼んでもいいかな」

断言しておいて、つい様子を窺《うかが》ってしまった。

じっと見下ろしていた西宮が、ゆるりと目を見開く。強い視線に気恥ずかしさを覚えて俯いていると、西宮が短く息を吐くのが聞こえた。

「あー……もちろん。その、じゃあそれでよろしく。……ヒロ？」

「え、それ、おれ……？」

思わず顔を上げた千紘に、西宮は少し慌てたように言う。

「あ、駄目か？　だったら」

「いや駄目じゃないから。その、そういう呼ばれ方は初めて、なだけ、で」

言いながら、勝手に顔が熱くなった。見下ろす西宮の顔も気のせいでなく赤く見えて、千紘は慌てて前を向く。ちょうど辿りついた目的地――行きつけの美容室のドアを押し開く。

「こんばんは」と声をかけると、すぐによく知った顔が近づいてきた。

「いらっしゃい、千紘くん。連れてくるって、その子――あらー」

「友人の士郎……京士郎です。忙しいところをいきなりすみません、色も長さも形もすべてお任せしますので、一番似合うようにしてやってください」

「は⁉　ちょっと待て小日向っ」

「ヒロ」

慌てたように身動ぐ西宮に、わざと先ほど彼が口にした名を呼ぶよう促す。その様子を面白そうに眺めていた人――母親の友人であり美容室【MISATO】の店長でもある彼女は、軽く首を傾げた。

「わたしはいいけど、本人の同意がないとねえ」

「連絡前に同意してます。――だよね？」

できたかどうかはわからないが、自分なりに圧をかけるつもりで見上げてやった。「う」と返事に詰まった西宮に、わざと笑顔で「行ってらっしゃい」と言い放つ。

「大丈夫だよ。深里《みさと》さん、腕は一流だから」

■　■

「千紘《ちひろ》くん、できたわよー」

「あ、はい。すぐ行きます」

耳に入った馴染《なじ》みの声に、ラックにかかった衣類の奥にいた千紘は顔を上げた。腕に抱えたものをそのままに布をかき分けて進むと、じきに半開きのドアと、そこから顔を覗《のぞ》かせた深里が見えてくる。

「いいのが見つかった？」

「はい。上から下まで一式。これ引き取りたいんですけど、どうでしょう？　もちろんお代は出しますので」

グラビア撮影のヘアメイクとして指名され、名の知れたモデルを常連に持つ深里の店には諸々《もろもろ》の伝《つて》があるとかで、あちこちのアパレルメーカーからサンプルが届く。それを使って千紘を着せ替え人形にする――というのが、目の前の人と母親がかつて嵌《は》まっていた遊びだ。

その名残《なごり》か、ここの常連となった千紘はカットに来るたび、ここ「サンプル部屋」に連れ込まれる。そのたび「これあげる」の一言とともに服を押しつけられるのだ。もちろん、婦人服ではなく紳士服の方だ。

（彼に似合う服を探したいんです。できれば譲ってほしいんですけど、どうでしょうか）

ここに入る前に確認した時、深里はあっさり「どうぞー」と頷《うなず》いた。それと同じ調子で千紘の手の中の衣類をチェックして、彼女はからりと笑う。

「いいわよ、そのまま持ってってちゃって。ついでにもう何着か探したら？　たぶん、あの子の手持ちの服ってほとんど合わなくなった気がするのよねえ」

「や、それはいくら何でも」

「いいのいいの。千紘くんだから特別ね」

ひらひらと手を振る様子に、これ以上は無駄だと察しがついた。なので、千紘は苦笑交じりに妥協案を出す。

「ええと、じゃあうちのブランドでよければ社割で手配しましょうか」

「それより千紘くんにオーダーしたいなー……って言っても駄目なのよね？」

窺うように上目で見られて、千紘は苦笑する。母親の古い友人でもあるこの人には、学生の頃に練習として千紘がデザインした服を作らせてもらったことがあるのだ。

「無理ですね。許可が出ません」

「だったら近いうちに見立ててくれる？　春のコートとワンピース」

「了解です。いつにします？」

その場で互いの予定をすり合わせた。待ちあわせ時間まで決めてから、西宮がいるサロンへと向かう。両腕に抱えた衣類をそのままに煌々《こうこう》と明るい店内を覗き込んで、

「わ、……！」

頬が勝手に緩むのが、自分でもはっきりわかった。

「にしみ、……じゃない、士郎《しろう》！　すっごい似合う！」

「いや、ちょっと待ってくれ」

歓声を上げた千紘とは裏腹に、西宮《にしみや》は困惑顔だ。戸惑った様子で、手のひらで顔半分を覆っている。すっきり刈り込まれた髪のせいで、耳元や顎のラインまですっきり見えていた。

顔立ちそのものは男臭く粗削りかもしれないが、穏やかな目元と引き締まった顎、すっき

りした鼻梁《びりょう》のラインは十分に好青年だ。性別不詳寄りの自分の顔立ちにうんざりしていた過去がある千紘の目には、むしろ羨《うらや》ましくすら見えた。

駆け寄ったついでに、抱えていた衣類を押しつける。呆然《ぼうぜん》と受け取った西宮に、言った。

「ついでにこれに着替えてきて」

「……は？　え、何——」

「約束したよね？　反論も抵抗もなしって」

「う、」

渋々といった様子で、西宮が衣類の塊を持ち直す。受け取りきれず落ちそうになった半分を引き受けたついでに、手前の更衣室まで案内した。

もそもそと靴を脱いだ西宮の代わりにドアを閉じようとして、中にいる彼の手に留められる。怪訝《けげん》に思って目をやると、西宮はそこからひょいと顔を出した。

「あの、すみません」

「ん？　何か？」

千紘の頭越しに声を上げたと思ったら、楽しそうに眺めていた深里に向かって言ったらしい。ちらりと見下ろされてふっと予感を覚えたのとほぼ同時に、低い声で続けた。

「ついでにこいつ……ヒロの髪もカットしてやってください。きっかけがなくて切れないだけで、好きで伸ばしてるわけじゃないと言ってたので。もちろん、料金は俺が出します」

「え、ちょ、士郎——」

「いいわよー。千紘くんなら大歓迎」

慌てて声をかけたのに被《かぶ》さるように、深里が快諾してしまった。わきわきと両手を動かしながら寄って来られて当惑していると、西宮に肩ごと押し出される。

「自分で自由にしていいんだって言ってたよな？」

「そ、りゃ言った、けど。何でいきなり」

「俺も十分、いきなりだったが？」

にやり笑いの西宮は、けれどいつになく押しが強い。どうやら意趣返しも兼ねているらしい。察して短く息を吐くと、真正面にやってきた深里に訊かれた。

「念のため確認するけど、千紘くんの意向は？」

「……観念しますよ。人にやっておいて自分が逃げるのはなしでしょう」

満足げに頷く西宮に背を押された千紘は、「そういうとこが男の子よねえ」と笑う深里に促されるまま椅子に腰を下ろした。いつものように首の後ろで束ねて丸めていた髪をほどきながら、よく覚えていたなと感心する。

全体のバランスを整えるため、カットにはそれなりの時間がかかる。千紘がてるてる坊主から解放され襟元を払ってもらう頃には、とうに閉店時刻を過ぎてしまっていた。

「はい終わり。どうかなー？」

「ありがとうございます……短い、ですねえ」

「そうよねえ。千紘くん、ここまで切ったことってないんじゃない？」

鏡に映る千紘の横に顔を並べるようにして、深里が言う。

カットしたとはいえ、先ほどの西宮ほど短くはない。襟足にようやく届くほどの長さだが、天然のくせを生かすためか毛先が遊ぶようにふわりとしたスタイルだ。

見慣れないせいか違和感を覚えながら腰を上げると、鏡に映り込まない位置に西宮がいた。

千紘と目が合うなり「へえ」と眉を上げてみせる。

「いいんじゃないのか？　よく似合ってる」

「そ、うかな……うん、いいね。きみもそっちの方がよく似合ってる」

気恥ずかしさに、千紘はわざと話を切り替える。

ぼさぼさ頭をカットしただけでもがらりとイメージが変わっていた彼は、着替えた今はすっかり別人のようだ。

「そ、……うか？　その、どうも慣れないんだが」

言いながら視線を逸《そ》らす西宮の、耳や目元が赤い。どうやら照れているらしい。今までなら長い髪で気づかなかっただろう変化を目の当たりにして、千紘まで顔が熱くなってきた。

「えーと、ひとまず、そうだ。深里さん、ありがとうございます。こんな時間まで」

「いいのよー楽しかったから。実は前から千紘くんの髪、短くしてみたかったのよねえ」

にこにこ顔で傍観していた深里には「だから今日のお代はいいわよー」と言われたが、そうはいかないと千紘と西宮それぞれが支払った。互いが互いの精算をする構図に深里はさらに笑い転げて、「いいもの見せてもらったから」と二人分の優待券を押しつけてきた。

挨拶をすませて出た戸外は、当然ながらかなり冷える。首の寒さに慌ててマフラーを巻き付けた千紘とは対照的に、西宮はコートの襟を引いたり前をかき寄せたり、周囲を気にする素振りを見せたりと忙《せわ》しない。

「落ち着かない？」

「いやこれで落ち着けって方が無理だろ」

即答した西宮が着ているコートは、色そのものは彼が着てきたものと同じ黒だ。けれど全体のラインがシンプルですっきりしているため、こちらの方がずっと映える。

大きな紙袋を下げているのですら、計算かと思うほど印象が違うのだ。本人は慣れない様子だが、通りすがりの女の子たちからはちらちらと好意的な視線が集まっている。

――どれだけ佐山《さやま》が性悪でも、これなら絶対あんな台詞《せりふ》は言えないはずだ。

溜飲《りゅういん》が下がって、とたんにふっと気がついた。交換条件と言いながら、自分はとんでもなく強引で我《わ》が儘《まま》ではなかったか。西宮の意向を無視して、突っ走ってはいなかったか？

「あの、……勝手してごめん、本当は厭《いや》だった？」

「は？」

我に返ったように、西宮が振り返る。じっと見上げる千紘に困惑したように口を噤《つぐ》んだかと思うと、少し慌てて言った。

「まさか。おとなしく言いなりになった時点で察しろって」

横を向いた西宮の、顔だけでなく耳まで赤い。物珍しさにまじまじと見つめて、千紘はようやく悟る。厭がっておらず、周囲の視線の意味をちゃんと察した上でこの態度なら――。

「ちゃんと格好いいから、自信持っていいと思うよ。見せびらかしたいくらい」

「か、……っ」

「まあ、おれから見れば前の士郎も十分格好よかったけどさ」

「へ？」

するっと口にした千紘に、西宮が怪訝そうにする。それへ、あえてさらりと言った。

「顔見知りレベルの隣人が階段から落ちるのを、わざわざ庇《かば》ってくれたよね。支離滅裂に自分の都合ばっかり喚《わめ》いた時も、みっともなく泣き出した時だって最後まで話を聞いてくれた。その時点で、十分すぎるほど格好いいと思うよ？　それこそ、ちょっと惜しくなったくらい」

「惜しくなったって、何が」

「きれいな目が丸出しだからさ。おれと、たぶん一部の人しか知らなかったはずなのにって思うと勿体《もったい》ない気がするんだよね。よく言うだろ、大事なものは見せびらかしたい反面、誰にも見せずに隠しておきたいって」

「……っあんた、なあ……」

首まで赤くなった西宮が、手のひらで顔を覆う。指の隙間《すきま》からこちらを見る目と視線がぶつかって、千紘はつい笑ってしまった。

「明後日《あさって》は買い物に行くけど、その前に手持ちのワードローブ見せてもらっていいかな。それをベースに足りないものを揃《そろ》えたらいいと思うんだ」

「わかった任せた。あー……そういやこの服、いつ返せば」

「返却無用って深里さんに言われなかった？」

訊いてみると、またしても「いや、けどいくら何でも」と困惑顔をされた。

「男物のサンプルは増える一方でなかなか片付かないって言ってたし、ありがたく貰《もら》っておけばいいと思うよ。その髪が気に入ったなら、次は自分で予約取って行ったらどうかな。その方がずっと喜ぶよ」

「……わかった、そうする……」

まだ赤い顔の西宮と、肩を並べて帰途につく。商店街を抜け、二度ばかり電車を乗り換えて最寄り駅に着けば、アパートまでは徒歩数分だ。

「え、……京っ？　嘘、何でその頭っ——」

聞き覚えのある声がしたのは、帰り着いたアパートの外階段を途中まで上った時だ。前に西宮がいるため、顔を上げても声の主は見えない。代わりに西宮の、呆《あき》れたような声が耳に入る。

「は？　信《しん》？　何だおまえ、来るなら事前に言えってあれほど」

「きょ、うー!!!!」

半泣きの声がしたと思ったのと、目の前の背中がぐらりと揺れたのがほぼ同時だった。

「うわ」と声を上げてのけぞりかけたその背中を、咄嗟《とっさ》に手で押し返す。肩越しに振り返った西宮に「ありがとう、助かった」と言われて胸を撫《な》で下ろした。その後で、黒いコートにしがみつく茶色い袖が目に入る。

「あのなあ、危ないからどこでもかしこでも飛びつくなとあれほど言っ――」

「だって京いないし！　オレちゃんと連絡したのに返信もなかったしっ」

叫ぶように言ったのは、未《いま》だ名前を知らない――実はとうに成人済みだという少年だ。ぎゅうぎゅうに西宮に抱きついて、コートの上から広い肩にぐりぐりと顔を擦《す》り付けている。

「会いたいし聞いてほしいこといっぱいあるってあんだけ言ったのに……って何だよその髪、何で切ったの!?　そのまんまでいいって、オレがあんなに」

「何でも何も俺の髪だろ。信にどうこう言われる筋合いはないぞ」

言い合いながらも西宮はどんどん階段を上っていき、とうとう二階に辿《たど》りついた。軽い音とともに茶色い袖を引き剝がしたあたり、どうやら少年を抱えて登ったらしい。

「ひ、ど……何でそんなこと言うんだよっ。京は、だって京はオレのっ」

「俺はおまえの所有物じゃない。まだわからないなら、今度こそ出入り禁止にするが？」

言葉はきついが、声色はむしろ穏やかだ。宥《なだ》めるような、言い聞かせるような物言いに、千紘はふと胸苦しくなる。

「だ、って——でも、だってっ」

「話は中だ。ここで騒ぐな、近所迷惑だ」

「ど、うせじいちゃんばあちゃんばっかで、全員耳が遠いじゃんっ」

「そういう問題じゃないと、前にも言ったな？　……ヒロ」

ぴしりと少年に注意したかと思うと、西宮はふいに振り返った。すぐ後ろにいると思っていたのか一瞬探す素振りをしたかと思うと、すぐに千紘を見つけて目元を和らげる。

「悪い、今日はここで」

「……わかった。お疲れさま、今日はありがとう」

「こっちこそ、いろいろありがとう」

少し照れたような苦笑に、胸の中が温かくなる。なのでこちらも笑みを返したら、とたんに尖《とが》った声が割って入ってきた。

「何そいつ。何、ひろって。何で一緒に帰ってきてんの」

「友人になったと言ったはずだ。あと、失礼な物言いをするなと何度言えばわかる？」

階段途中にいた千紘を憎々しげに見下ろした少年が、西宮に頬を抓《つね》られる。舌足らずに「いたい」と訴えたかと思うと、せがむように西宮の袖を掴《つか》んだ。

「寒いから早く中入ろ。なあ、オレの鍵どこ？　やっぱオレ、合鍵持ってたい」

「ここは俺の部屋だと言ったはずだが」

「だってずっと外で待ってんの寒いし！　どうすんだよ、オレが風邪引いて肺炎になって死にそうになったらっ。それに、前は合鍵くれてたじゃんっ」

きゃんきゃんと騒ぐ声の合間に、ちらりと振り返った西宮と目が合った。視線だけでわかった謝意に千紘が頷くと、呆れたような物言いで少年を宥めて歩き出す。息を吐いた千紘が外廊下に上がった時には、すでに隣室のドアは閉じてしまっていた。

■　■

翌土曜日は、見事な冬晴れになった。

「じゃあ、例のアレは今、証拠集め中？」

「主には記録だけどね。弁護士さんが言ってた通り、それをやると客観的になれるみたいだ」

「何かあったら、お隣さんが来てくれる、し？」

「うん……その、愛梨《あいり》もいろいろ考えてくれたのに、ごめん」

「いい。悔しいけど、わたしじゃ足りない」

言いながら、愛梨は首を横に振る。

彼女にとって久しぶりのオフになる今日、誘いをかけてくれたのは愛梨本人だ。翌週から海外行きと聞いて快諾し、今は待ちあわせ場所でもあったホテルのティールームの個室で、少々剣呑《けんのん》な目を向けられている。

「千紘、わたしには愚痴しか言わない。年末年始も、加世子《かよこ》さんの予定変わったら代わりに行くって言ったのに連絡しなかった。絶対巻き込まないって決めてる、よね」

「いくら何でも泊まりは駄目だろ。愛梨の立場もある」

「玖美《くみ》さんの教育、行き届いてるよね。自分より相手優先、特に女の子相手の時。優しいし愛想いいし笑うと可愛《かわい》いし。けど、それで時々困ったことになってる。自覚ある？」

「……それは、一応」

「なら、いい。けど一応確認。お隣さんは、信用できる？」

「夜中でも明け方でも構わない、少しでもおかしいと思った時点で壁を蹴れ、って言ってくれるような人だからね」

面識があの夜しかない愛梨からすれば、半信半疑なのも道理だ。そう思って付け加えたら、彼女はすんなり頷いた。

「千紘がそう言うなら、いい。けど、賑《にぎ》やかな方は大丈夫？」

「あー……あの子ね。実は成人済みの社会人だったらしいよ。大丈夫かどうかは……まあ、現状維持かな」

「まともだったのは、お隣だけ？」

「どうかな。おれがあの子に嫌われてるだけ、かも」

今朝も出がけに出くわした時の、少年の態度を思い出す。

毎度の騒がしさで西宮を急《せ》かし、我が儘全開で車を出させていた。千紘と彼の挨拶すら邪魔する勢いで、殺意の籠《こ》もった目で見られたように思う。西宮の方はといえば呆れとうんざりが混じった顔で、申し訳なさそうに千紘を見ていたが。

「独占欲、強そう。思い込みも。……お隣さんと、どういう関係？」

「そこまでは知らないけど、長いつきあいみたいだよ」

昨夜、寝るまでの間に隣から漏れ聞こえた話し声を思い出す。

内容は聞き取れなかったけれど、ぽんぽん言い合っていたのは声の調子でわかった、少年の声のトーンは一定しなかったけれど西宮の声はずっと変わらないままで、千紘が床についてからも途切れずずっと続いていた。

ぼんやり耳に入れながら、またすかすかした気分になった。何か足りないような、もどかしいようなその感覚を、千紘は今日の出がけに彼らの車を見送った時にも感じていた……。

ブランチを兼ねたお茶が終わった後は、愛梨の要望に応じて買い物に出る。愛梨のお気に入りのブティックで、春物アイテムの買い物だ。

「千紘のオススメは？」

「うーん、……これかこれ、かなあ。どっちでも、後は愛梨の好みでいいと思うよ」

「いいかも。試着する」

試着室へと向かう愛梨を見送って、千紘は「そういえば」と視線を転じる。

商店街の少し先に、紳士物を扱う店があったはずだ。明日西宮の服を見立てるなら、愛梨の買い物の合間に簡単にリサーチさせてもらっておけば話が早い。

結局、両方を購入して店を出た愛梨には、千紘の頼みにあっさり頷いた。

「だったらついでに千紘のも見る」

「おれ？」

「髪切って雰囲気変わった。今までと路線違う。今日も着方変えたよね？」

「ああ、うん。おかしいかな」

出がけに鏡を見た時点で、上着とベルトを変えたのだ。マフラーの巻き方も変えて、一応バランスは取れたと思ったのだが。

「大丈夫。けど、もうちょっと変えたい。わたしが選んでもいい？」

「任せた」

即答で了解し、その後は紳士服の店も含め複数の店舗に立ち寄った。明日行く店の目星をつけて何点か買い物をすませる頃には、時刻はすでに宵にかかっている。

少し早めの夕食は、愛梨が最近見つけたというビストロにした。個室ではないが奥の周囲からは見えにくいテーブルで、選んだ料理をシェアする形になる。

「千紘の次の展示会の、予約した」

「は？　え、早すぎない？　っていうか、それ予約できるんだ？」

「わたし、お得意様だから。毎回、ぽぽ全買いしてる」

自慢げに言われて、千紘は少々呆れた。

年に二度ある展示会は、半年先のシーズンを設定したものだ。参加したバイヤーが吟味し、買い付けたものをそれぞれの店舗におろす。準備中の今はどんな品が出るのかも不明なため、予約などまずあり得ない。それを、愛梨は「出たら買う」の口約束で頼んでいるという。

「現物見てから決めたらいいのに」

「無用。千紘のデザイン好き。オーダーできないのが不条理。あのスーツすごい良かった」

「あれは男物だろ。それに、学生の時とは違うんだって」

苦笑して言うと、むっつり顔で「知ってる」と言われた。

愛梨が車で来たため、アルコールは抜きだ。デザートまですませて席を立ち、駐車場まで送って行く。そうしたら、当然のように「送るから乗って」と言われた。

「まだ時間も早いし、電車で平気だけど」

「安全大事。おかしなのが出るなら厳重注意」

こうなると、絶対退《ひ》かないのが愛梨だ。明日の午後の仕事までは予定がないと聞いて素直に甘えることにした——ら、アパート最寄り駅を過ぎる頃に不意打ちで言われた。

「挨拶、したい。千紘のお隣さん」

「は？　……え、士郎に？」

「うん。興味津々」

こっくり頷く愛梨はいつになく楽しげだ。続いた四文字熟語も、彼女にしては珍しい。

「今日は無理かな。あの子と一緒だろうし、おれはともかく愛梨を会わせる気はないから」

「ん、じゃあ今度まで待つ。楽しみ」

満面の笑みで言われて、何となく落ち着かない気分になった。

「帰国したらまた連絡する」の一言で去っていった愛梨の車を見送って、千紘は息を吐く。夜の中、振り返った先の駐車場に西宮の車が停まっているのが目についた。

……そういえば、明日の約束と言いながら時間も決めていない。このまま部屋を訪ねてみるか、いやまだあの少年がいるならメールの方がいいだろうか。思案しながら外階段を上っていると、上の方でドアが開く音がした。

「いいじゃん別に、どうせ明日休みなんだからっ」

「あのなあ、こっちにはこっちの都合ってもんが」

このタイミングのよさは、いったい何なのか。ため息をつきたい気分で、けれどあえて足は緩めない。あの少年は今後も出入りするのだろうし、それなら避けても意味がない。

「だからちゃんと話聞いてってさっきから言ってんじゃんっ」

「要点くらいまとめてから話せと、こっちも毎回言ってるはずだが？」

「もー！　京は！　いっつもそうなんだからっ」

抑えた声と、感情的な声と。いつもながら対照的な掛け合いだけれど、ぴったり息が合っている。内心で感心し、同時にふと心臓が痛くなった。

……早く上がって、挨拶をして部屋に入ろう。西宮にはその後で、メールしておけばいい。

思い決めて、千紘は足を速める。続く掛け合いの「音」に集中し、会話そのものはあえて耳から耳へと素通りさせた。立て続けに二段を上がった時、隣室のドアの前に立つ西宮が
——真正面から抱きついた少年の手で顔を摑まれているのが目に入る。

「は、……？」

ちらりと千紘を見た少年が、唇の端を上げたかと思うと西宮に顔を寄せる。ぶつかるように唇を合わせていくのが目に入って、頭の中が真っ白になった。

「ああ、そうだった」と、どこかで思った。

とうに気づいていたはずだ。彼らの関係は友人としても兄弟としても違和感があって、な

のにとても近しい。そう、まるで恋人同士のように。

棒立ちになった千紘に気づいたのかどうか、西宮の目がこちらを向く。煌々とした明かりの下、まだ少年と唇を合わせたままで千紘を認めて――瞠目した。

「……失礼」

考える前に、言葉が出ていた。ほとんど同時に身体《からだ》が動いて、千紘はすぐさま踵《きびす》を返す。派手な音とともに、階段を駆け降りた。

「――おい、ちょっ……！」

「京⁉　どこ行……っ」

慌てた声に、背中を押された気がした。転がるように敷地を横切って、門へ辿りついた時、

「ヒロっ」

強い声とともに、背後からがっしりと抱き込まれていた。慌てて逃れようともがいても、かえって強く引き寄せられる。

「あー……あんた、足速すぎ」

聞こえた声の、近すぎる響きにびくんと肩が跳ねた。直後、今さらの疑問に襲われる――どうして自分は逃げ出そうとしたのか？

「いや、あの、ごめ――邪魔、する気は」

「待て。待ってくれ。……言いたいことはよくわかるが、まず聞け。全部、誤解だ」

「ご、……かい？」

振り返る途中で頬を掠《かす》めた体温は西宮のものに違いなく、瞬間的に心臓が跳ねる。近すぎる距離で目が合って、とたんに気まずそうな顔をした西宮がそっと腕をほどいた。

離れていく体温を、どうしてかひどく名残《なごり》惜しく感じた。

「俺と信はただの幼なじみだ。それ以外があるとしたら、相当な遠縁。あとは腐れ縁」

疲れきった顔で言われて、千紘は瞬《しばたた》く。

「え、あ、いや、でも、さっき」

「そこも含めて本人に吐かせる。悪いがつきあってくれ」

「え、でもおれ、あの子に嫌われてて」

「それに関しては、前にも言ったが千紘に咎《とが》はない。いい加減、俺も堪忍袋の緒が切れた」

低い声の響きに濃い怒りを感じて、無意識に背すじが伸びた。

促されて二階の外廊下に戻ると、少年はまだ西宮の部屋の前にいた。足音に気づいて顔を上げたものの、千紘を見るなり膨れっ面になる。

「何でそいつが一緒にいんの。オレを送ってくれるって言ったじゃんっ」

「……その前に話がある。中に入れ」

「え。ヤダよ。言ったろ、オレこのあと用事があるんだって。時間ないし、とっとと送ってよ。ついでに買い物もつきあって」

「――こっちにも都合があると何度も言ったはずだな？」

ぶうぶう文句を並べる少年に、西宮が言う。とたん、少年は千紘の方を睨《にら》みつけてきた。

「何それ、そいつのせい？　何でだよ、どうでもいいっていうか関係ない――」

「うるさい」

ぎゃいぎゃい騒ぐ少年の頭を摑んだ西宮が、そのまま自宅玄関へと押し込む。容赦のなさに困惑する千紘を振り返り、少し迷うように言った。

「どうする。やっぱり厭なら、無理にとは」

「おれはいい、けど。おれがいると、かえって面倒なことになったりしない……？」

この場合の千紘は当事者ではなく、巻き込まれたかとばっちりに遭ったかだ。そういう時は早々に撤退するのが吉だと、そこは経験上よく知っていた。

「できればいてほしい。この際、引導を渡しておきたいんだ」

よく意味がわからない返答に、引き込まれるように頷いていた。その後で、千紘はそんな自分に当惑する。いつもの自分ならやんわりと、けれどはっきり断ったはずだ。なのに、どうしてか今はそうする気になれなかった。

落ち着かない気分で、千紘は西宮の部屋へと足を踏み入れる。むくれ顔で台所にいた少年は、文句を言う前に西宮に捕まって奥の部屋へと引きずり込まれた。千紘が足を踏み入れた時には、拗《す》ね顔で壁に向かってそっぽを向いている。西宮はその斜め前にどっかり座り、鋭い目つきで少年を睨み据えていた。

「……話って何。っていうか、何でそいつまで入ってくんの。邪魔だし追いだしてよ」

むっつりと言った少年をきれいに無視して、西宮はなぜか千紘を見た。

「こいつは幼なじみで遠縁の山浦《やまうら》信。ガキの頃から泣き虫のトラブルメーカーで、気がついたら世話係やる羽目になっていた。いわば後処理役だな」

「何その言い方ひどい！　オレがいつトラブル起こしたって」

「いつものことだろうが。あと、たった今。最高にろくでもない真似《まね》しやがって」

即座に噛《か》みついた少年――信はいったん反発したものの、とんでもなく冷たい西宮の声と視線に怯《ひる》んだ顔をした。口を「へ」の字にしたかと思うと、早くも泣きそうな顔になる。

「そ、んなこと言わなくていいじゃんか。ずーっと、ずーっと一緒だったのにい。オレ、京ならって、京なら大丈夫だって、信じて」

「都合のいい時だけ信じるだの大丈夫だの言うな。聞き飽きた」

「ひーどーいー！」

ぎゃんぎゃん叫んで摑みかかろうとした少年は、西宮の腕一本で止められた。唖然《あぜん》とそれを眺めているうち、千紘はぽろりと疑問を口にしてしまう。

「あの、……その子ときみは恋人、なんじゃあ……？」

「……っ、わ、かってんだったらとっとと出てけよ！　何で当然みたいな顔でそんなとこ座ってんだよ図々《ずうずう》しい、ちゃんと恋人だしだから京はオレので、絶対オマエになんか……いっ」

「誰がいつ恋人なんかになったんだ、ふざけんな」

冷ややかな物言いとともに、西宮が信の頭上に拳骨《げんこつ》を落とした。かなり痛そうな音と前後して、信が悲鳴を上げ涙目で頭を押さえる。

「ひ、ど……っ、だ、でも京約束したじゃんっ！　ずっと、死ぬまでオレの傍《そば》にいてくれるって、絶対離れないって——オレずっとそれ信じてた、のにぃ……っ」

「ガキの頃に、しかも完全にだまし討ちで言わせておいて、いつまで言質を取る気だ。あと、その顔と声も片付けろ、わざとらしすぎて寒気がする」

「京ヒドい、そこまで言う⁉」

「そこまで言ってもわからないのがおまえだろうが！」

啞然とする千紘に気づいてか、西宮が苦い顔になる。信を睨んで言った。

「今朝、電話して迎えを頼んでおいた。もうじき来る、ってか、来たらしいな」

「は、何その迎えって——え、……？」

ぶつぶつと続く信の文句を遮るように、ドアをノックする音がした。予期した客なのか、西宮は間髪を容れず「どうぞ、開いてます」と声を上げる。

「失礼」という声とともに姿を見せた大柄な男性は、古びたこの部屋では浮くような三つ揃えのスーツにコートを羽織っている。眼鏡《めがね》や腕時計も、かつての義理の兄たちの持ち物と張り合うレベルだ。開けっぱなしの引き戸越し、軽く会釈すると大股に入ってきた。

「え、ちょ。な、なんなん、何でっ⁉　京、何でっ」

飛び退《の》く勢いで動いた信が、窓にかじりつく。悲鳴のような声で言った。

「俺の手に負えない以上、本来の飼い主に任せるしかないだろ」

「う、うううう嘘、じょうだ……え、えっと、あの、オレ帰るから、裏口」

「ここの出入り口は一か所だが？」

問答する間に、男はすでに信の前にいた。ちらりと西宮に目礼したかと思うと、往生際悪く窓に張り付き逃げ場を探す信を捕まえる。「ぎゃああっ」と悲鳴を上げるのにも構わず荷物扱いで担ぎ上げると、改めて西宮を見た。

「面倒をかけて申し訳ない」

「ちょ、何……なん、何で何でええええっ」

「こっちこそ、変に逃げ場を作ってすみません。勝手な言い分ですが、もう面倒は見切れないので全面的に預けます。合鍵は二度と渡しませんし、今後うちに来た時は即連絡させていただきます」

「きょ。京、何これ何でこんな、え、嘘何でっ」

双方とも言い分は保護者じみているのに、揃って信の悲鳴を聞き流している。事態についていけない千紘の代わりのように、男の方が怪訝そうに言った。

「それは助かるが、どういう風の吹き回しかな。反対されているものと思っていたが」

「元から反対する理由はないですよ。単に信にも逃げ場は必要かと思っていただけです。――でも」

いったん言葉を切った西宮が、何故《なぜ》かちらりと千紘に目をくれる。聞いてはまずいことなのかと身構えた千紘をよそに、困ったように続けた。

「あいにくと言いますか幸いと言いますか、俺にもわかる心境になりましたので」

「ああ、……なるほど」

西宮だけでなく、信を抱えた男にまでまじまじと見られたあげく、何度か頷かれた。

結局、その男は信を担いだまま、堂々と部屋を出ていってしまう。その間も賑やかだった信の文句とも懇願ともつかない声は、階段を降りる途中あたりで消えてしまった。

……いったい何が起こったのか。

呆然としていた千紘の元に、玄関先まで見送りに出ていた西宮が引き返してくる。引き戸の手前で足を止めたかと思うと、台所に立ってお茶を淹《い》れて戻ってきた。

差し出されたカップを受け取って、最初にここに来た時のことを思い出した。その間に近くに腰を下ろした西宮が、ため息交じりに先ほどの出来事について説明する。

あの男性は、信の恋人なのだそうだ。仕事が多忙な上に出張が多く、なかなか一緒にいる時間が取れないため、信はここに入り浸っていた。だったら逢瀬《おうせ》にはべったりなのかと思えば、不満を溜《た》めまくった信が拗ねたり反発したりで喧嘩《けんか》になり、結果やっぱり西宮の部屋に駆け込んでくる――という状況だったという。

「そういうことだ。俺とあいつはただの幼なじみで、恋人だったことは一度もない」

「そ、うなんだ……？　でも、合鍵がどうとか、……」

「合鍵は渡したんじゃなく勝手に持ち出された。実家にいた頃から俺の部屋を別宅扱いしてたヤツだから、それと同じ感覚なんだろ」

先ほどの会話と併せると、西宮も別宅扱いをそれなりに容認していたということだ。だからああも呼吸が合うのかと妙にすとんと納得し、またしても胸の奥がすかすかした。

「幼なじみってことは、ずっと仲がよかったんだ？」

「腐れ縁、の方だな。物心ついた頃から妙に懐かれてて、いろいろあって放り出すわけにもいかず……その延長線上というか。恋人ができた時点でもういいかと思ったんだが、どうもタイミングが摑めなかった」

うんざり気味の西宮をどうしてか見ていられず、千紘はふと視線を逸らす。彼の、昨日カットしたばかりの髪の一束がちょんと跳ねているのが目に入った。深里のところで買ったワックスを使った様子だけれど、まだ今ひとつ慣れないといったところか。

「――……え、あれ？　でも待って、その……さっきの人って男だった、ような……？」

脳裏を掠めた疑問が、すとんと口から出る。言った後で改めて「そういえばそうだった」

と認識していると、西宮が少し呆れたように眉を上げた。

「ようなじゃなくて、どう見ても男だろ」

「えーと？　それってじゃあ、つまり？」

「男同士ってヤツだな。あー……あんたには刺激が強すぎるか？」

「母の友人にもそういう人はいるし、昨今は珍しくないよね。個人の自由でいいと思うよ」

少し困ったような顔になった西宮に、返す言葉がつい早口になった。そんな千紘をじっと見つめて、西宮はぼそりと言う。

「……――ヒロは今恋人はいないし、当分作る気はないって言ってたよな？」

どうして話題がそこに行くのかと、何とも言えない気分になった。

「女の子は可愛いと思うし一緒にいて楽しいのも確かなんだけど、恋人となると面倒っていうか。正直、恋愛事にはあんまり興味が持てなくて」

百戦錬磨と噂《うわさ》されているくせ、千紘にはまともな恋愛経験がない。周囲に「つきあってい る」と見られていた状況も、うまく断れず相手に押し切られた結果に過ぎない。やんわり断ったり躱《かわ》したりといった立ち回りができるようになったのも、ここ数年のことだ。

「……なるほど」

耳に入った声の響きが気になって、千紘は顔を上げる。物言いたげな西宮と目が合って、ふと疑問がこぼれた。

「士郎は？　恋人とか、いたりする？」

「いたら信なんかとっくに出禁だな」

「あー……それはそうかも」

とても苦い顔で言われて、どうしてかほっとした。そのあとはふたりで西宮の手持ちの衣類を確認し、明日の予定とおよその買い物内容を決めておく。

「おやすみ、また明日」

外廊下まで出てきた西宮に見送られ、手を振って帰宅する。後ろ手にドアを閉じながら、不意打ちのように気がついた。

「……そっか。士郎に恋人ができる可能性もある、んだ」

以前の西宮は、見た目からとっつきにくい雰囲気があった。けれど、髪を切ったことでずいぶん感じが変わったし、服装を変えてしまえば印象自体が大きく違ってくる。

新しい自分に慣れるまでは、たぶん少々の時間がかかる。けれど彼は誠実だし、辛抱強くて包容力があって、当たり前に他人を思いやれる人間だ。きっと、そう遠くない未来に隣に立ちたいと考える女性が現れるに違いない。そうなったら、高校時代のクラスメイトとやらに「目にもの見ろ」と言ってやりたいくらいだ。

なのにやっぱり、胸がすかすかする。わかっている、この思考はつまり——。

「奪《と》られる、とか。子どもの思考、だよね……」

恋人ができた時、人の優先順位は大きく変わる。それを、千紘はよく知っていた。千紘の母親は我が道を行く人だが、だから蔑《ないがし》ろにされたとは思わない。ついていけない部分や納得できないこともあるが、そんなもの親子間ではよくあることだ。むしろ、世間的に「男らしくない」ことばかりやりたがった千紘を寛大に後押ししてくれた。

母親のことは好きだし、感謝もしている。けれど、過去の彼女との関係に、寂寥《せきりょうかん》感が濃く残っているのも事実だ。

恋人といる時の母親は、千紘だけを見てくれない。すぐ傍にいても気持ちの半分が常に余《よ》所《そ》にあって、ふとした折りに置いて行かれる。

今の感覚は、それとよく似ていた。とても大事なものが、気がついたら傍にないことに気づいた時の――引き留めて懇願したいのに、それが無駄だと知っている、ような。

息を吐いて、千紘は背後のドアに頭をつける。ひんやりした感触とは裏腹の、燻《くすぶ》るような感情を持て余した。

■　■

「すみません、ちょっとお願いといいますか、相談があるんですが」

唐突な言葉に、千紘はきょとんと瞬いた。

一部未定だった展示会用の服地の、最後の品が決まった週の中日のことだ。

デザイン時点で布も決まっていることが多い千紘にしては、遅い決定だ。とはいえ大部分は納品済みで、一部は裁断まで進んでいるため許容内の遅れでしかない。念のため確認した納品日も予想より近く、安堵《あんど》して雑談していたところだった。

「何でしょうか。何か、納品上の問題でも？」

「いえ、そうではなく！　その、本日の夜、業務外で少々時間をいただけないかと」

「業務外」

瞬いて、千紘は目の前の相手――前回の展示会準備でも担当だった青年を見返した。

彼が所属する会社は、出入りする業者の中でも古参の部類だ。とはいえ担当者は先方都合等で変わっているため、目の前の彼は通算で三人目となる。

「ここでは無理、ということですよね」

「はい。その、本当に申し訳ないんですが……今日、だけでいいので」

俯《うつむ》いた彼の顔は青く、わかりやすく挙動不審だ。そういえば、今日は顔を合わせた時から表情が冴《さ》えず視線も落ち着かないふうだった。

「詳しいことは、……ここでは言えない、んですね？」

後半が確認になったのは、目の前の彼がさらに身を縮めたためだ。

口が得意とは言えないが、対応が誠実でこちらの要望に沿うためにきちんと動く。多少勇み足でも、見栄やその場しのぎでいい加減なことは言わない。同世代だからと無用に近づくことなく一定の距離を保ってくれる、千紘にとっては信頼できる相手だ。

「他の予定が少々押し気味で、そこを今日中に埋め合わせたいんです。なので少々遅い時刻になると思いますが、それでも構いませんか」

「……ありがとうございます。助かります」

テーブルにぶつかるほど頭を下げた彼を、エレベーター前まで見送った。階数表示が下がり始めたのを確かめて踵を返し、「あれ」と思う。

少し先のドアから、見知った顔が出てくるところだった。何やら大きな箱を苦労して抱えようとしている彼女は、例の三人組のうちのひとりだ。

「それ、どこまで？」

箱の大きさもさることながら、見るからに重そうだ。女性には無理だろうと駆け寄って声をかけると、彼女はびくんと肩を跳ね上げた。千紘を見るなり表情を強《こわ》ばらせ、抱えていた荷物を床に落としてしまった。

「いえ、あの大丈夫です、このくらい、自分で」

「大丈夫には見えないけど？　どこまで持って行くの。資料室？」

暇とは言わないが、荷物ひとつ運ぶくらいのゆとりはある。屈《かが》み込んで箱に手をかけると、悲鳴のような声がした。

「あ、の！　いいですから、構わないでくださいっ。わ、たしの仕事、なんで……っ」

言うなり彼女は自ら箱を抱えた。半ば引きずるように、それでも急いだ様子で動き出す。あからさまな拒否に啞然とした千紘のすぐ傍で、たった今彼女が出てきたばかりのドアが開く。顔を覗かせたのは、佐山だ。

「小日向さん、何やってんですか。後輩、苛《いじ》めないでくださいよー可哀相《かわいそう》に」

「……苛めた覚えはないけど？」

「それにしてはすんごい声出してましたけど？」

妙に下手《したて》に言う佐山の肩越し、室内にいる面々がこちらを見ている。中には千紘の先輩格になるデザイナーの姿もあって、どうやらチームミーティングしていたらしいと知る。向けられた視線の無機質さに、違和感があった。それでも千紘は辛うじて声を絞る。

「驚かせた、のは確かだと思うけど。苛めとか、そういうのは」

「ま、いいですけどね。証拠はないし。小日向さんが違うと言ったら違う、みたいですし」

言い捨てて、佐山がドアを閉じる。締め出しとも取れるやり方に、つい眉を顰《ひそ》めていた。

短く息を吐いて、千紘は自室に引き返した。そのあとは、自分のチームの他スタッフの進捗《しんちょく》を見た上での細かい確認や修正をし、やや遅れがある作業の見直しをこなす。ようやく仕事が一段落した時には、すでに定時を一時間以上過ぎてしまっていた。

エレベーターに乗ってから確認したスマートフォンには、昼間の業者担当からの着信とメッセージが届いていた。

「映画館、……?」

待ち合わせ場所に指定されているそこは、以前使っていた駅前にあるショッピングセンターに併設している。歩いて行けるという意味では助かるものの、場所を思えば違和感しかない。なので、そちらに足を向けながら折り返し電話してみた。

「すっぽかすのも、なあ……」

通じなかった通話を切って、ひとまず行ってみることに決めた。道々で、西宮宛に「残業のあと所用で帰りが遅くなる」とメールを送っておいた。

「最寄り駅に着く前に連絡」との返信が届く前に辿りついた映画館窓口には、数人の列ができていた。広いロビーを見渡しても見知った顔はなく、このまま帰ろうかと思う。

「あのー。こひなたさん、ですか?」

かかった声に顔を向けると、まだ学生らしい女の子が赤い顔で千紘を見上げていた。

「そうですが、……?」

「これ、渡すように頼まれました。ええと、何て言ったっけ」

度忘れしたのか、首を傾《かし》げた彼女がややあって口にしたのは、約束した担当の名前だ。

「中で待ってるそうです。それと、急がないとそろそろ上映始まっちゃいますよ」

「はあ……ありがとうございます」

礼を言って、彼女が差し出すチケットを受け取った。ゲートを潜ってみたものの通路に人影はなく、結局は指定のドアまで辿りつく。一応席まで行くことにして、両開きのドアをそっと押した。

すでに予告編が始まっているのか、館内は暗い。目につくのはスクリーンで瞬く光と、非常口の緑のランプだけだ。

あまり人気がないのか、それとも上映期間終盤なのか座席は四分の三ほども空いていた。ガラガラな席の列表示を数えながら指定の席を探して歩くうち、

「どうも。わざわざおいでいただきまして、ありがとうございます」

低く落とした慇懃《いんぎん》な、けれどねっとりとした声音とともにいきなり腕を摑まれた。ぎょっとして引いた腕をさらに強い力で摑み直されて、喉の奥がぎゅっと締まる。そのせいだけでなく、心臓が大きく跳ねた。

そこにいたのは、暗い中でも歪《いびつ》なにんまりとした笑みを浮かべた――水嶋《みずしま》だった。

ぐらぐらと目の前が揺れている気がして、電車の手摺《てす》りをきつく握りしめた。

終電には間があるとはいえ、それなりに遅い時刻だからか乗客は多くはない。探せば座ることはできるだろうけれど、そんな気になれない。――今は、誰かの隣に座りたくない。

（実は、ちょっととんでもないことを耳にしましてね）

耳の奥で反響するのは水嶋の声だ。妙に糸を引きねっとりとしたそれが、鼓膜に張り付きでもしたように何度も繰り返し聞こえてくる。

（何の話ですか。どうしてこんな――）

（こうでもしないと、小日向《こひなた》さんは私と会ってくださらないでしょう？　それと、……他人に聞かせたくない話をするのに、通常の店では、ねえ？）

にんまり笑った水嶋に眉を顰めながら、心のどこかで納得する。大音量が響く館内の座席での会話は、喫茶店でのそれと比較すれば聞かれる心配は確かに少ない。

（……あいにく、おれは水嶋さんとそんな話をするつもりは）

（小日向さんが他人のデザインを盗んでいる、と。そちらで噂になっているようですが、それをご存じだと？）

（何の根拠があって仰《おっしゃ》ってるんでしょう。安易に口に出していいこととは思えませんが？）

言い返したそのタイミングで、背後からコートを引かれた。反射的に振り返った先、中腰でそこに来ていた係員に席につくよう手振りで促される。首を横に振ったついでに摑まれた腕を払おうとすると、軽く身を乗り出した水嶋が言う。

（では、小日向さんが人のデザインを盗用するのがこれが初回ではない、という話は？）

一拍、虚を衝《つ》かれた。そこにつけ込まれた形で、気がつけば千紘は腕を取られたまま、水嶋の隣の席についていた。

（時期は専門学校にいらした頃。お相手は、よくしてもらった先輩の方。いかがです？）

距離が近いせいで薄暗い中でも見えた水嶋の表情は、確かに神妙だった。けれど、こちらを見つめる目に愉悦の色があるのも、はっきりわかった。

どうしてそれを知っているのかと、思った。

千紘が卒業した専門学校では、毎年秋に学生主催で発表会が行われていた。投票で優劣が競われるその会に、まだ一年だった千紘は出展しておらず――なのに、二位として表彰された作品はどう見ても千紘のデザインをもとにしたものだった。

春に大きな仕事を得た愛梨への、お祝いだったのだ。自宅でひとりでの作業は、すでに縫製に入っていた。

信じられなくて、受賞者となった先輩に会いに行った。

入学直後にふとしたことで親しくなって、いろんなことを教えてくれた人だ。お茶や食事にもたびたび誘ってくれて、その際にスケッチブックを見られた覚えがあった。

その時は、「案外面白いもの描くんだね」と言われて恐縮しただけで終わった。自宅に顔を出した加世子からふと思いついた様子で「人にスケッチブック見られないように注意してね」と言われたのがその後間もなくで、以来千紘はスケッチブックを外に持ち出すのをやめた。その先輩から「ちょっと見せてよ」と言われても、やんわりと断り続けた……。

友人たちに囲まれ花束を手に笑っていた先輩は、千紘の指摘に露骨に眉を顰めて「また言いがかり？　もうやめてくれないかなあ」と言った。そして——周囲にいた人たちも、同じような目で千紘を見た。

動転して、うまく言葉を選べなかった覚えはある。けれど、それ以前にすでに根回しが終わっていたのだ。件《くだん》の先輩は発表会準備中から、千紘に言いがかりをつけられている、妄想癖でもあるんじゃないか——という内容を、「相談」として周囲に振りまいていた。

どうしたらいいかわからなくて、けれど家族には相談できなかった。母親に言えば大騒動になりかねないし、義理の父親や加世子は論外だ。どうしたって迷惑がかかってしまう。

だからといって泣き寝入りもしたくなかった。それでつい、友人だと思っていた同級生に愚痴をこぼした。その結果、諦める以外の選択肢がないことを思い知ったのだ。

（そりゃ、小日向がそこそこデザインできるのは知ってるけどさあ。あの先輩、去年の発表会でも賞獲ったらしいし？　それを作ったのが自分だとか、いくら何でも）

（いくら【ＵＲＹＵ】の社長が親とか言ったって、小日向は連れ子なんでしょ？　才能があるフリするにしても悪質すぎない？）

（あれが小日向のデザインだっていう証拠はある？　先輩は、春には友達にデザイン見せて準備に入ってたって言うけど）

サプライズプレゼントとして作っていたあのデザインは、誰にも見せていない。肝心の愛梨だって、そもそも千紘がそんなものを準備していたことすら知らない。

先輩にスケッチブックを見られた時、一緒にいたのは千紘だけだ。それが春先だったという証明など、できるわけがない。結果、最後に残ったのは「千紘が先輩の受賞デザインを自分のものだと騙《かた》った」というレッテルだけだ。

あの時の千紘は、ただの学生だった。噂を聞いて態度を変えた教師も中にはいたけれど、先輩が卒業し学校を離れることでそれ以上の騒ぎになることもなく終息した。

（おれが、誰のデザインを盗用した、と？）

（佐山くん、でしたか。期待の新人だそうですねえ？　小日向さんに懐いているのをいいことに、いいように利用している、と。ああ、もちろん今の時点ではただの噂ですがねえ？）

耳に残る声音の、後を引くようにざらついた響きがひどく不快だった。

（ですが、私も小日向さんとは以前に仕事をご一緒させていただいておりますし。どうにも気になりましてねえ）

ひどく、気分が悪かった。昼食を摂ったきりの胃は空っぽのはずで、なのに断続的な嘔吐《おうと》感《かん》に襲われる。立って電車に揺られているだけで、ひどい目眩《めまい》がした。

最寄り駅に着くなり、ふらつく足で改札口を出る。徒歩でアパートに向かう途中で、タクシーを使えばよかったと気がついた。

ホラーハウスさながらのアパートを、一目見るなり安堵した。こみ上げる吐き気を辛うじて堪《こら》えて、千紘は階段を上っていく。足元がうまく定まらず、コートの背中が丸くなった。もう、無理だ。気持ち悪くて、耐えられない。

「……っ、ヒロ⁉」

思った時、聞き慣れた声とともに肘を摑まれた。どうにか顔を上げた先、部屋着のまま立つ西宮を認めて、全身から力が抜ける。その場にしゃがみ込む前に、力強い手で階段の先、外廊下まで引き上げられた。

「何やってんだあんた、遅くなるなら連絡しろとあれほど――」

「ご、め……わ、すれ、」

「いいから、ひとまずうちに来い。歩けるか？」

言葉とともに、自宅ではなく隣人宅に引き込まれた。背中でドアが閉じるのを聞いたのと、靴を脱ぐよう言われたのとコートを脱ぐ手伝いをしてもらったのと、どちらが先で後だったのか。それすら意識にないまま、気がついた時には西宮が居間として使っている部屋の炬燵《こたつ》に入って、背中には大きすぎる上着を被せられている。

「とりあえず飲め」

差し出されたカップの中身は、温かいお茶だった。ゆっくりと口に含んで、ようやく張り詰めていた気持ちが緩んでくる。

「どうした、何があった？　また尾《つ》けられたのか？　だから連絡しろと、あれほど」

「違う、よ。そっちは何もなかったから、大丈夫。ちょっと、仕事関係でいろいろあって」

「仕事?」

うん、と頷いて、またしても気持ちが悪くなってきた。

奥歯を噛んだ千紘に合わせたように、不自然な沈黙が落ちる。ややあって、西宮が言った。

「無理に言えとは言わないが。俺は部外者だし話す相手もなし、聞くだけなら聞くぞ?」

「……ごめん、仕事のことだから。けど、このままだと眠れそうにないんだ。こんな時間から悪いけど、ちょっとだけ飲みにつきあってくれない、かな」

水嶋に握られていた肘から、至近距離で向けられた言葉から――目に見えない何かをなすりつけられたような気がするのだ。ひとりになるとあのねばついた声を思い出しそうで、自分の中を何かで塗りつぶさなければ侵食されそうで耐えられなかった。

「……わかった。うちにはビールしかないが、それでいいのか?」

「うち、にワイン――台所の、……」

「勝手に入って取ってきていいか。あと、作り置きもあるよな。つまみに貰っても?」

「ごめん、……任せていい?」

西宮に部屋の鍵を預け、炬燵の天板に額をつける。彼が戻ったのは数分後で、伏せたままの頭をつつかれた時には目の前に缶とボトルとちょっとした料理が並んでいた。

「……吐くまで飲みたい」

「は？　あのなあ、言っとくがソレかなりきついぞ。その前にあんた、夕食は摂ったのか」

呆れたような問いに、あえて「すませた」と返しておいた。今、何か出されても——それが好物だったとしても、絶対に食べられない。

母親曰《いわ》くアルコール耐性は父親似だという千紘は、極端に弱いとは言わないまでもさほど強いわけでもない。それなのに、今夜はワインを一本空けても、ビール缶を複数空にしてもまるで飲んだ気がしなかった。

自分でもらしくないと思うペースで飲む千紘に、西宮はけれどいっさい詮索《せんさく》しなかった。そのくせ彼が量をセーブしているのは明らかで、気遣ってもらっているのだと思う。

そうして、どのくらい飲んだ頃だろうか。辛うじて中身が残っていたワインのボトルを手に取ったら、急に横から奪われた。まだ足りなくて、まだ気持ち悪くて、じっとボトルを見ていたら西宮から睨まれた。

「まだ飲む気かよ」

「だ、……足り、な、いし」

そのまま十数秒ほど睨み合いになる。ややあって、ため息をついた西宮が手の中のボトルを傾けた。空になった千紘のグラスに、葡萄《ぶどう》色を注ぎ入れる。

「もう無理だと思った時点で力尽くで止めるからな」

「うん。ありがとう……」

笑った拍子に、ぐらりと身体が傾いた。ああ倒れる、と思った時には横から強く引っ張られて、肩口に馴染みのある体温が当たる。少し傾いた視界に瞬いた後で、いつの間にか西宮が隣に来ていたことに——その肩に凭《もた》れかかっていることに気がついた。

これでは重いだろうとどうにか離れようとしたら、今度は腰ごと寄りかかる形にされた。耳元で聞こえた呆れたようなため息に、急に落ち着かない気分になる。

「しろ、……これ、だと重、——」

「どこでもかしこでも爆睡したあげく、平気で人に運ばせるヤツよりずっとマシだ」

遠慮がちにかけた声には、少し呆れた物言いで返される。内容で誰のことかは察しがついて、千紘はぽそりと言ってみた。

「あの、子の話？　い、つも、はこんでた、んだ……？」

「家出とか言ってしょっちゅう神社だの公園だの、下手すりゃ駐車場で寝てやがったからな」

「そ、か」

うんざりしたような言葉とは裏腹に、声音の底に柔らかい響きがする。それを、ひどく羨ましいと——どうして自分ではなかったのかと思った。

繰り返した引っ越しのどこかで西宮と出会えていたら。ほんの数か月でも、幼なじみと言える関係が持てていたら。千紘もあんなふうに甘えられただろうか。

「やっぱり無理、かなあ……」

「何が。あー、いいからそのまんま寄っかかって飲め。じゃないか、その前に水飲んどけ」

呆れたような声とともに、手の中のグラスを取られた。代わりに水の入ったグラスを握らされ、顔の前まで寄せられる。

「飲めるか？」

「……ん」

喉をすべり落ちる水がやけに美味《おい》しく心地よくて、千紘はほっと息を吐く。ゆらりと揺れた頭を、そのまま傍の体温に預けてしまった。

「……だーから、こんなんなるまで何があったんだよ」

つぶやく声は、問いというよりぼやきに近い。閉じていた瞼《まぶた》をこじ開けると、驚くほど近い距離で目が合った。瞠目《どうもく》した千紘に合わせるように西宮も目を丸くして、そのままお互いに動けなくなる。

お見合い状態でどのくらい経《た》った頃だろうか、ふいに西宮が視線を逸らした。それで、千紘はようやく自分が呼吸を止めていたと知る。

「……眠いんだったら、そのまま寝ちまえ」

「や、……かえら、ないと――あしたも、しごと……」

優しい指にこめかみのあたりを撫でられて、そこからまた力が抜ける。引き込まれるように瞼が落ちて、身体がずんと重くなった。

「――少しくらい、愚痴言やいいのに」

ぽつんと落ちた呟《つぶや》きは、独り言だろうか。反射的に「それは無理」と即答し、その後で自分の声が出ていなかったことを知った。

言える、わけがない。だって西宮は、千紘の職場での立ち位置を知らない。……西宮だけでなく愛梨にも、加世子にもいっさい話したことがない。

コネ入社の七光りの実力なしで、今現在の「デザイナー」という立場もいずれ必ず、自動的に転がり落ちると決まったもので、それも全部自業自得でしかなくて。入社以来自分なりに必死でやってきてもその程度でしかなく、スタッフに嫌われ上司に疎まれたあげく、わけのわからない脅しを受けて言いなりになるしかない状況に陥っている、など。

うまく誤魔化《ごまか》したつもりになったところで、きっと西宮はどこかで綻《ほころ》びに気づく。何故と訊かれたら誤魔化せなくて、いずれすべてを知られてしまう。

その時、皆がどう思うのか。呆れられるか軽蔑されるか、所詮《しょせん》その程度だと見切りをつけられるのか。考えただけで心臓の奥が冷えた。

西宮から「疲れ果てて自暴自棄になっている」と言われた時、千紘はすんなり納得した。けれど、その意味を正確に理解したのはごく最近のことだ。

社内で遠巻きにされるのにも、チーフから無視されるのにも慣れている。とはいえ去年の夏まではさりげない排斥《はいせき》があるだけで、露骨な攻撃はほとんどなかった。

……ああ言われるまでに消耗したのは夏以降のつきまといのせいだけでなく、佐山の異動の影響があったからだ。

千紘を見る佐山の目には、当初から棘《とげ》があった。幾重ものオブラートにくるみながらも少しずつ会話や態度に毒を忍ばせ、こちらの反応を見ながら厭味と敵意を濃くしていく。

もとから千紘に好意的とは言えなかったスタッフの何人かが、佐山に同調する態度を見せ始めたことには気づいていた。佐山の言動が露骨に侮蔑を含み始めたことも、理解していた。けれど、その差は前日と比較すればほんのわずかだ。今ここで、この程度で咎めるのかと躊躇するほどに。

面倒を起こすよりはと受け流す性分も災いして、結局はタイミングを逃した。その結果、千紘は自分の中で蓄積されていく毒の濃度に――自分が限界に近づいていることに、気づけなかった。

（小日向さんは、社長とはかなりお親しいとか。――そんな噂、放っておくわけにはいきませんよねえ？）

脳裏によみがえったねばつく声は、水嶋のものだ。映画上映中の半端な闇の中、あの男はスクリーンを一顧だにせず千紘だけを見据えていた。

（出所を調べて口止めした方がいいように思うんですよ。悪い噂は千里を走ると言いますし？　ご両親が離婚されたとはいえ、小日向さんが以前【ＵＲＹＵ】のお身内だったことは

間違いないわけですし）

近すぎる距離で、今度は指を取られた。ぞわりとする悪寒《おかん》を覚えて反射的に引こうとしたのを強引に摑まれて、手首のあたりを指でなぞられる。もったいぶった指の動きに合わせたように、歪《ゆが》んだ笑みで千紘を見た。

（あちこちに知れ渡ると困るでしょう？……いかに小日向さんが『特別』であっても、外部にまで漏れるのはねえ。そういうゴシップや、他人の転落を眺めて楽しむ下世話な人種は案外多いものでしてね）

その時千紘の脳裏を掠めたのは、数時間前に唐突に千紘を避けた後輩の女の子の、怯《おび》えたような顔だ。直後に佐山から投げつけられた意味ありげな言葉と、排斥の色を濃く感じた複数の視線だった。

まさか、と。思ってしまったら、もう動けなくなった。

（詳しく調べて、改めてご連絡いたしますよ）

硬直した指を撫でるように握られ、続けて肩をなぞられる。それでなくとも近かった吐息がはっきり頰に当たるのを知って、怖気《おぞけ》を帯びた目眩がした。

（次はどこか個室を手配いたしますよ。その方が、ゆっくりお話しできますしねえ？）

真顔なのに、それが装ったものだとわかる。丁寧な物言いが、糸を引くような愉悦を帯びている。声を聞いているだけで、何かどろりとしたものを注ぎ込まれていくようで、全身に怖気が走った。鳥肌を立てた頬をざらりと撫でた指が滑るように動いて、千紘の唇、に。

「……、――っ」

ぬるんだ体温に、唇を押しつぶされた。そう感じた時には身体が動いて、間近にいた相手を突き飛ばしていた。呆気《あっけ》なく離れていった誰かを見るより先に、転がるように炬燵を出て畳の上を逃げる。突き当たった壁に背をつけ、どうにか立ち上がろうとして、

「え、……?」

ようやく、そこにいるのは水嶋ではないと――西宮だったと気がついた。

頭の中が、真っ白になった。呼吸すら忘れて、千紘は大切な友人を見つめる。

たった今、一瞬だけ目にした光景を思い出す。無意識に指で触れた唇に、まだ感覚が残っている。吐息が肌に当たるほどの距離にいて、たった今ここに触れていった体温は――。

「……好きなんだ」

びく、と肩が跳ねた時にはもう、距離を詰められていた。壁に背中を押しつけるようにして、千紘は全身を竦《すく》ませる。逸らせない視線の先、西宮は初めて見るような強ばった顔で続けた。

「好き、なんだ。その……恋愛の意味で。勝手に、したのはごめん。あんまり無防備で、どうしても止まらなくて――でも、俺は」

「無理」

即答に、なった。そのくせ思考は混乱したままで、現状が理解できない。

唇に残る感覚に、ねっとりとした声が重なるようで、ひどい吐き気がこみ上げてきた。

「……ごめん、無理」

もたつく手足をどうにか動かし、辛うじて腰を上げる。傍にあったコートを摑むと、揺らつく足取りで玄関先へと向かいながら、あり得ないことが起きたと思った。

どうやって自宅に戻ったのかも、西宮がどう反応していたのかも覚えていない。気がついた時には、千紘は自宅の玄関先で、ドアに凭れて座り込んでいた。

嵐の真っ只中《ただなか》に、放り込まれたようだった。この数時間で起きたことがごちゃ混ぜにぐるぐると脳裏をよぎって、何の整理もつかない。

（次回はどこか個室を手配いたしますよ）

耳の奥で、ねばついた声がする。それが何もかもを塗りつぶしていくようで、どうしようもなく全身が震えた。

■　■

ひどく、頭が痛かった。

十四時を回ってようやく取れた休憩時間を職場が入ったビル外の喫茶店で過ごしながら、

千紘は小さく息を吐いた。

朝食抜きで出勤したのに、目の前のランチはほぼ手つかずだ。箸が伸びたのは味噌汁《みそしる》だけで、それも二口飲んだきりすっかり冷めてしまっていた。

「あと、二十分……で、戻らない、と」

時刻を確かめて目元を押さえる。二日酔いの薬を飲んだのに、全然効いた気がしない。仕事に戻る前に、もう一度飲んだ方がいいだろうか。できれば濫用は避けたいのだが。

思い出したのは今朝飲んだ「二日酔いの薬」と、それを渡してくれた西宮の顔だ。

……今朝の目覚めは最低だった。ひどい頭痛と悪心のせいで、生まれて初めて目覚まし時計に殺意を抱いた。急いで身支度をし、玄関を出た先で西宮と出くわしたのだ。

視線がぶつかった瞬間に、前夜のことを思い出した。口の中がひどく乾いて、挨拶どころか呼吸すら怪しくなる。そんな千紘をどう思ってか、西宮は今までとは違う「困った顔」で近づいてきた。

無意識に後じさったとたん、彼が足を止める。いったん俯いた唇が、きつく引き結ばれるのが目に入った。ややあって顔を上げたかと思うと、千紘の前に小さな瓶を差し出してきた。

(二日酔いだろ。これ、結構効くから飲んで行くといい)

それでも動けずにいたら、西宮はひどく苦しそうな顔をした。指先だけで、その小瓶を千紘のコートのポケットに落とし入れる。

（……ごめん）

彼の指先の動きに気を取られて、意味を理解するのに時間がかかった。我に返った時にはもう西宮は外階段を降りて車に乗り込むところで、だから結局薬のお礼すら言えていない。

昨夜、まともに話すこともせず自宅に逃げ帰ったのと同じように。

「だ、って」

だからと言って、いったい何を言えばいいのか。

西宮のことはもちろん好きだ。けれどそれは友人としての話であって、恋愛感情とは違う。改めて思って、なのにそれがうまく飲み込めない。胸の奥がひどくざわついて、逆流するような感覚がある。後ろ髪を引かれるようで、なのにその意味がわからない。

今の千紘にわかるのは――西宮との関係がおかしくなってしまった、ということだけだ。

時刻を確認して、千紘はのろりと腰を上げる。食後のコーヒーを断り、精算を終えて店を出た。狭い路地を抜けて出た通りの先、職場が入ったビルを目にしてずんと足が重くなる。

「戻らない、と」

あえて口に出したのは、そうでもしないと動けない気がしたからだ。

……気のせいでなく、今朝出社した時点で周囲の空気が変わっていた。昨日まで当たり前に挨拶していたスタッフがさりげなく視線を逸らし、あるいは気づかないフリで避けていく。例の三人組の別の子に出くわした時も、いつもなら笑顔で駆け寄ってくるはずが強ばった顔で視線を逸らした。彼女らと同じチームにいるスタッフが、露骨に庇う仕草を見せた。

そうした空気は、どうしたって隠しきれないものだ。結果、それなりに穏やかだったはずの千紘のチーム内の雰囲気ですら、今日はどこか緊張を孕《はら》んでいる。

千紘自身が絡む形で、何か起きているのは間違いないのだ。なのに、誰も何も言ってこない。さりげなく話を振ってもはぐらかされてしまう。

噂された本人が、それを知るのは一番最後だという。だったら当然かもしれないが、千紘からすれば生殺しでしかない。仕事をこなしてどうにか終業を迎える頃には、くたくたに疲れきっていた。

最後の打ち合わせ相手が出ていった後の個室で、強くなった頭痛を持て余す。冷たいテーブルに額をつけたまま動く気になれずにいると、聞き覚えのある振動音がした。スマートフォンの着信だ。

手探りで引き寄せたそれに目をやって、呼吸が止まる。表示された十一桁のナンバーは、水嶋のものだ。

羽織っていた上着のポケットを探り、見つけたものを手元に置く。ぐっと奥歯を噛んでから、通話とスピーカーをオンにした。

『こんばんは。小日向さん?』

はい、と返す声が、妙に歪んでいるのが自分でもわかった。先方にも伝わったらしく、続く声がわかりやすく愉悦を含む。内容は、週末の誘いだ。仕事が終わった後、食事をしてゆっくり話したい、という。

「……週末は、すみせんが先約が」

『おやおや、またつれないことを。こちらも最上級の部屋を押さえてるんですがねえ？　どちらを優先するか、迷うことではないように思いますが？』

押し込むように言われて返事に詰まっていると、スピーカー越しの声がふと低くなった。言葉は丁寧でも、内容は完全な脅しだ。

『困りますねえ。素直になっていただいた方がいいと思うんですが……？』

（それやってるといつまでも終わらないぞ）

ふいに、いつかの――新年会の夜、初めてまともに話した時の西宮の言葉を、思い出した。

……このまま応じていたとして、今後どうなるのか。ずっと水嶋につきまとわれるのか。

下手をすれば、果てしなく。水嶋が飽きるまで？

唐突に黙った千紘が怯えているとでも思ったのか、水嶋は猫なで声で脅し文句を並べて「また電話しますよ」と言い残して通話を切った。静かになったスマートフォンの隣、作動していた機器を停止させて短く息を吐く。

（無理にひとりで頑張らず、誰かに助けてもらったらどうだ）

続きのようによみがえった西宮の声に、すとんと何かが抜けた気がした。

佐山との件は、個人的な問題だ。どれほどストレスでも一対一の揉《も》め事に過ぎず、だから周囲への影響はさほどにない。

けれど、水嶋のあれは違う。噂は真否とは無関係に広がっていくものだし、状況次第で勝手に脚色され雪だるま式に膨れ上がる。それが真実かどうかは関係なく、渦中にいる人間が気に入らない者が多ければ多いだけ、勝手に暴走していく。

それが千紘の手に負えないほどの規模になった時。ダメージを負うのは「誰」なのか。

考えただけで、喉の奥が固まった。同時に、波立っていた思考がふいに静かになる。

……そうなる「前」の今、自分はどうすればいいのか。大事なものを守るために、すべきことは何なのか。

スマートフォンを手に取って、通話履歴を開く。目的のナンバーを表示し、もう一度時刻を確かめて、千紘は画面に指を乗せた。

■　■

「何て言うか。……何ていうか、だわね……」

映画館の時と、数時間前の職場でのものと。二回分の水嶋との会話の録音を再生した後の千紘の説明を聞いた加世子が、まず口にした言葉はそれだった。

長いため息をついた彼女が、滅多《めった》にない顰めっ面でカップを手に取る。つられて千紘もカップに口をつけると、話し始める前には湯気を立てていたはずの中身はすっかり冷えきってしまっていた。

——仕事場からの連絡に応じてくれた加世子に、まず「大事な相談がある」と伝えた。即答で了解してくれた彼女と合流し、夕食をすませた後で彼女のマンションに場を移している。

（外で話せる内容じゃないんでしょ？）

顔を合わせるなり言った加世子は、電話の時点で何かを察していたらしい。「たまには自分で淹れてみる」の一言でお茶を用意した後は、黙って千紘の話に耳を傾けてくれた。

「つまり、千紘んとこに出入りする業者の営業から妙な言いがかりをつけられて脅された、ってことね？」

長い話をあっさり要約した加世子に感心して、念のため訂正する。

「以前の担当だったけど、昇進して外れた人だよ。……今の担当にとっては上司になるはずだし、あの様子だとたぶん、彼も脅されてたんじゃないかと思う」

「今の時点では、人のことはどうでもいいの。で？」

「で、って……」

「千紘、他にも困ってることがあるわよね。この期に及んで隠さないの。千紘の職場の壁には、実は目や耳があったりするんだけど」

軽く睨まれて、ようやく気づく。

水嶋の件だけでは駄目なのだ。あの男が佐山の名を口にし、実際に職場内での空気が悪化しているのなら、すでに噂が回っている可能性が高く――社外に漏れていないとは限らない。

「……わか、った。いろいろ事情っていうか、流れみたいなものもある、と思うんだけど」

コネの七光り云々《うんぬん》は割愛し、佐山との関係と状況変化を伝える。千紘自身には噂の確認ができておらず、佐山から仄《ほの》めかしもなかったことまで話し終える頃には、加世子は頬杖《ほおづえ》をついていたはずの手を拳に変えて自身のこめかみに押し当てていた。

「――何ってそんなになるまで黙ってたのかなー千紘は！」

「す、みません。その、おれはいつでも退社するので、とにかく部署や会社に迷惑がかからないように」

「そうね。千紘はもう、あそこを辞めた方がいいと思うわ」

言い切られて、心臓が痛くなった。それに気づかないフリで、千紘は懸念を口にする。

「ただ、次の展示会をどうしようかと……もう、準備に入っていますし」

「そこは上の判断次第ね。待ってて、ひとまず兄さんに連絡してくる」

言うなり席を立った加世子を、申し訳ない気持ちで見送った。

こぼれたため息は、我ながら重い。カップに添えた指はそのままに、千紘は顔を俯ける。

結局、とんでもない迷惑をかけることになったわけだ。加世子はもちろん社長にも、その補佐をしているかつての長兄にも余計な手間をかけてしまう。それでも、千紘がひとりで抱え込んだあげくどうしようもない事態を招くよりはずっとマシだ。

――母親が引退した時点で、終わると覚悟していた仕事だ。予想外に早かったけれど、それは仕方がない。むしろ、今まで分不相応に過ごさせてもらったことに感謝しよう。

半ば無理やりそう考えて、千紘はぐっと奥歯を噛む。大丈夫だと自分に言い聞かせて、落ち着かない気持ちを宥めにかかった。

(あんた、本っ当に仕事が好きなんだな)

不意打ちのように思い出したのは、感心と納得が入り交じった西宮の言葉だ。

先週末の日曜日、買い物に出た先で彼に服を当てていた時。最初から興味薄そうな顔を見せていたはずの西宮が、打って変わった興味津々な顔で千紘を見下ろしていた。

(え、何?)

(いや、すごくいい顔してると思ったんで。何だっけ、人参《にんじん》を前にした馬、みたいな?)

(何その喩《たと》え。わかる気はするけど、ちょっと微妙っていうか複雑)

(悪い。褒めたつもりだったんだが。あんたが作ってるのって女物だっけ?)

そうだけど、と返したら、西宮は少し考え込む素振りで言ったのだ。

(いっぺん見てみたいんだけどな。俺とあんたで行くのは厳しいか)

(……服なんか、清潔でサイズが合ってたら十分だってさっき言ってなかった?)

（それとこれとは別。服というより、あんたがどんなのを作るのかを知りたい）

言われた内容に驚いて、ひどく気恥ずかしくなった。熱くなった頰を持て余しながら誤魔化してすませた、けれど。

「士郎って時々、返事のしようがないこと、言う、よね……」

会いたいと、何の脈絡もなく思うと同時に心臓の奥が痛くなった。

顔を見るのは簡単だ。今夜帰宅した時に、隣のドアをノックすればいい。困ったような、戸惑うような顔をされたとしても、きっと受け入れてくれる。

けれど、……唯一と言っていい大切な友達に告白され、いきなりあんなことをされた後で、いったい自分はどんな顔をすればいいのか？

「千紘、今夜は泊まっていくわよね？」

不意打ちの声に、自分でも大袈裟《おおげさ》だと思うほど大きく肩が跳ねた。慌てて振り返って、千紘はどうにか笑ってみせる。

「そんなわけにはいかないですよ。帰ります」

「そう言うと思った。けどごめんね、兄さんから絶対帰すなって厳命されちゃったのよ。遅くなるけど、直接話を聞きたいからここまで来るって」

「え、？　でもあの、社長は忙しい、んじゃあ？」

「本人が言い張るんだからいいんじゃない？　真夜中になるかもしれないって言ってたから、

千紘はひとまずシャワーして仮眠を取っておいた方がいいわね。明日も仕事でしょ」

そこまで言われては断り切れず、結局浴室に向かうことになった。シャワーをすませ、寝間着を借りて客間のベッドに入った後で気づく。この相談は本来なら加世子でも社長でもなく、まずはチーフにすべきではなかったか。

顰蹙《ひんしゅく》の上乗せ状態だと自分に呆れ、そのまま眠れず過ごした四時間後、加世子が呼びに来た。そのままでいいと言われて自分のコートを羽織った格好で居間に行くと、そこで待っていたかつての父親と対面する。

――そこからは、唖然とするほど話が早かった。

「千紘が新人のデザインをね。何の必要性があってそんな真似をするのかな」

「それ以前の話じゃない？　そもそも千紘は相手を避けてて、つきまとってたのは向こうでしょ。あるとすれば逆だと思うけど」

「孝典《たかのり》は人一倍、盗用に敏感だったはずだ。噂だとしても、放置するとは考えにくいな」

「それより不思議なのは、外部の人間がどうやってそんな噂を仕入れたかってことよねー」

「火のない所に煙は立たない、か」

「了解、確認は任せてもらっていい？　たぶんわたしが動く方が素直だし、早いと思うわ」

「任せよう。ただ、無理のない範囲でな。必要ならこちらも人を動かす」

目の前で続く会話についていけず、何度か瞬く。やっとのことで「あの」と声を挟んだ。

「確認を、しなくてもいいんでしょうか。その、……今の話だと、おれが何もしてないって前提しかない、みたいなんですけど」

「だって千紘、やってないでしょ」

さっくりと言い放ったのは加世子だ。斜め前に腰掛けたかつての義理の父——社長も、同意とばかりに不思議そうにしている。

「ですけど、さっきの録音でもあったようにおれは前にもそういう噂が出たことがあって」

「千紘は身に覚えがある、と？」

「ありません！　でも」

即答した千紘に、かつての義理の父親は苦笑した。

「それなりの年数の実績があって、疑わしい行動が欠片《かけら》もない。さきほど詳しく検証すると言っても、動じるどころか協力を申し出た。そうなると、疑う理由がほぼなくなるな。——だから検証しないとは言わないが」

「それが全部とは言わないけど、実績って大きいわよねー。噂の新人くんはそれがないわけでしょ。っていうか、盗用した千紘が全作通った展示会に、盗用された新人のは一作も採用されないっておかしくない？　せめて何作かは通るわよねえ」

さすが兄妹と言うべきか、こういう時の加世子と社長は口調だけでなく雰囲気までそっくりだ。気圧《けお》されると同時にひどく安堵して、千紘はずっと抱いていた懸念を口にする。

「じゃあ、次の展示会の準備は」

「そのまま進めてもらいたいね。佐山の件はすぐにでも内部調査を入れるが、千紘は知らないフリで通常通りにしていればいい。……寝不足だし疲れているようだから、数日休んでも構わないよ？　孝典には私から伝えておこう」

「え、いえ！　出社します。その、……期限前になって慌ただしくなるのは避けたいので」

今にも連絡を入れそうな社長の様子に、慌ててそう主張した。

「そうか」と頷いた社長が、千紘を見て考える素振りをする。ひとつ頷いて言った。

「念のため、人員配置を見直すか。孝典にも話を通す必要がある、が——加世子？」

「はい了解。やっときます」

即答した加世子を胡乱《うろん》そうに眺めて、社長はぼそりと言う。

「今日はいつになく素直だな……？」

「当然でしょ。電話でも言ったけど、展示会が終わったら千紘はうちに貰うからね」

「いや待て、勝手に決めるな。千紘の上司は孝典で」

「知らないわよ。ただの自業自得じゃない」

ねえ、と同意を求められたけれど、意味不明な千紘にできるのは曖昧《あいまい》に首を傾げることくらいだ。その様子をじっと見つめて、社長は少し声を落とす。

「千紘はもう退職を決めたのか？」

「それ、は……こんな騒ぎを起こした以上、当然のことかと」

「理由はそれだけか。他には？」

間髪を容《い》れずに訊かれて、思ったのは「それだけで十分では」の一言だ。なので黙って見返していると、社長は軽く頷いて言う。

「了解した。──加世子、ひとまず保留だ」

「えー、何でよ。だいたいねえ」

そこからは、千紘にはよくわからない内容での言い合いになった。最終的に千紘の処遇は「保留」のまま、社長は席を立つことになる。

「千紘、悪いけど見送りお願いしていい？　わたしもう、限界……」

話し合い中にも欠伸《あくび》を噛み殺していた加世子は、どうやら仮眠を取っていないらしい。快く応じて、千紘は玄関先まで見送りに出る。靴を履いた社長がコートを羽織るのを手伝った後で、改めて頭を下げる。

「遅い時間まで、お手数をおかけしてしまってすみません。御迷惑を、おかけしました」

しばらく、返事は聞こえなかった。ややあって、下げたままの頭の上に知っている重みがぽんと乗る。

「……千紘が謝ることじゃない。厭な思いをさせたね」

「いえ。それも自業自得といいますか、……おれが、うまくやれなかっただけ、で」

「千紘。顔を上げなさい」

いつになく強い声音に、びくんと肩が揺れた。そろりと身を起こした先、段差のせいでほぼ同じ高さで社長と目が合う。貫くような視線に、知らず背すじが伸びた。

「やっていないなら胸を張れ。その上で、はっきりそう言えばいいんだ。——さっきも言ったが、千紘は立場に相応の結果をきちんと出している。何の負い目も落ち度もない」

「で、すけど」

「気が優しいのは悪いことじゃないが、ありもしない咎をわざわざ探すのは悪癖だ。相手につけ込まれ、ない腹を探られかねない。……録音での水嶋との会話がそうだったが、それは自覚しているか」

「それ、は……」

鋭い言葉に、返答が見つからない。なのに、社長のその言葉は千紘の内の奥深くまですとんと落ちてくる。

確かに、その通りだ。学生時代の記憶に囚《とら》われた千紘はその時点で「噂が広がった時」にどう回避するかに気を取られて、毅然とした態度などまったく取れていなかった。

「疚《やま》しいところがないのなら、言うべきことをきちんと言いなさい。あの場合、すぐに出るところに出ても構わなかったし、それが憚《はばか》られるなら直接私に連絡を入れてもよかったんだ。……違うか？」

「いえ……、わか、ります……」

喉の奥が、ぎゅっと詰まったような気がした。言葉が見つからず見返していると、ふと社長が目元を和らげる。もう一度、伸びてきた手に今度は頬を撫でられた。

「千紘の進退の話だが、希望すれば部署異動は可能だからそれも選択肢に入れてくれると嬉《うれ》しいね。それと、今回の件が片付くまで、アパートには帰らずここにいてほしいんだが」

「え、……あの、でも」

「加世子から聞いた限り、ろくなセキュリティがないようだ。取り越し苦労かもしれないが、どうにも気になるのでね。片付き次第車で送らせるから、それまでは辛抱してほしい」

頼む、と頭まで下げられてしまえば、断りようもない。了承の返事をするなり安堵の表情を見せられたらなおさらだ。

「あと、念のために携帯も変えた方がいいね。明日にでも手配して届けさせるが、それまでは知人友人以外の着信はすべて無視しなさい。いいね？」

頷いて、かつての父親を見送った。引き返した居間にすでに加世子の姿はなく、千紘は明かりを落として客間に戻る。ベッドに座り込み、サイドテーブルに置きっ放しにしていたスマートフォンを手に取った。

……水嶋との音声データが入ったボイスレコーダーは社長に預けた。西宮の知人の弁護士からの助言で持ち歩いていたものだったが、結果的に水嶋からの初回の音声は途中から、二度目は最初から録音できたのだから幸いだ。

「メール、……士郎、から？」

社長との話し合いの間に、西宮から連絡が入っていた。文面はごく短く、「電車に乗る前に必ず連絡しろ」というものだ。

……朝の挨拶もせず、その後も何の連絡もしていない、のに。

「帰らないなら連絡、しておかないと。ああ、でも説明……電話の方が、いい……？」

西宮のナンバーを画面に表示してから気づく。午前四時の今、電話していいわけがない。

メール画面を開き直し、返信を打ち込む。叔母宅に泊まっていること、今後しばらく「仕事の都合」でアパートに戻れなくなったこと、それから——昨日の朝の詫《わ》びとお礼。

「あ、と……——」

他にも言いたいことが、言わなければならないことがあったはずだ。そう思うのに、画面の文字盤を見つめても言葉が出て来ない。睨めっこをしたまま三十分近くが過ぎて、最後には諦めてそのまま送信の文字をタップした。


翌朝、目を覚ますと西宮から返信が届いていた。

内容はやはりごく短く、「わかった、気をつけて、無理するな」とだけ書いてあった。

■　■

嵐の前の静けさ、と言うのだろうか。

新しい生活はやけに静かで、けれど不穏を孕んでいた。

あの日、寝不足のまま出勤した職場の空気は、当然ながら少しも変わっていなかった。とはいえ千紘自身は荷を下ろした感覚だったからか、少なくとも自分のチームスタッフには「いつも通り」の顔を保つことができた。

展示会準備中で、チーム以外との接触が少なかったのも幸いだ。昼食時に外に出かけてしまえば、不必要に他のチームスタッフと出くわすこともなくなる。

その外食時に、社長の使いとしてやってきたかつての義理の兄――長兄から真新しいスマートフォンを受け取った。データ移行も引き受けるというのを断ると、古い方の処分は引き受けるので移行が終わったら渡すように言われ了承する。妙な着信は無視して何かあれば即連絡をと念を押し、最後に千紘の頭を撫でて帰っていった。

千紘が幾つだと思っているのかと、呆気に取られて見送った。帰宅途中で必要なソフトを購入し、加世子のパソコンを借りてデータを移行してから、友人知人に連絡先の変更をメールで送っておく。もちろん西宮にもそうしたけれど、別に文章を添えることはしなかった。

「ただいま、と……」

一時間ばかりの残業をこなして帰宅した加世子宅は、しんと静かだ。当然ながら彼女も忙しく、基本的に千紘の方が帰りは早い。

居候の心得とばかりに、夕食の準備をする。合間にシャワーや簡単な掃除をすませておいて、家主が帰宅したら一緒に夕食を摂る。食後のコーヒーをおともに少し話し込んだ後は、それぞれ自室に戻るなりそのまま居間で過ごす。

人間は、意外と順応力があるものだ。この場合は同居人が加世子だったことが大きいのだろうけれど、一週間ほども過ごすとそれなりのリズムができた。

「ちーひろっ。あのねえ、さっき兄さんから――……って、まだ仕事？　じゃないわよね、それ男物だし」

「え、あ。そのっ」

現在千紘の自室となった客間に、加世子がやってくることは滅多にない。ついでに、没頭している時の千紘は隣で大音響の音楽がかかっていても気づかない。その結果、今の今まで描いていたデザイン画を取り上げられて、まじまじと眺められている。

「千紘の、じゃないわよねえ、イメージが違いすぎ。ってことは誰の？」

興味津々とばかりに訊かれて、観念するしかなくなった。

「友達の、です。その、何となくイメージが浮かんだ、ので」

「友達」

加世子が目を丸くしたのは、千紘の交友関係の狭さを知っているからだ。おまけに依頼以外で、同性へのデザインを描いたのは始めてでもある。

「いい感じね。どこで知り合ったの。どんな子？」

「加世子さんも知ってますよ。アパートの隣人です」

「は？　あのサイアクって言ってた？　待ってよ、あの子にコレはないでしょ」

ぎょっとしたように言う加世子に、慌てて否定した。

「違います。あの時、あの子と一緒にもうひとり、背の高い人がいたでしょう？　髪の毛が長めで、量も多くて、こうどっさりした感じの」

「ええ、いた？　そんな子」

「いましたよ。今は髪を切ってずいぶん印象も変わったので、会ってもすぐにはわからないかもしれませんけど」

「へーえ……あ、千紘。もしかしてその子、最近深里のとこに連れてった？」

「そうですけど」

頷きながら、どこまで情報が漏れているんだと改めて愕然《がくぜん》とした。そんな千紘をよそに、加世子は納得したとばかりに頷いている。

「なるほど。そういう子なのね」

「そういう、って」

先ほどから思っていたが、西宮に「子」を使われるのはつくづく違和感しかない。思いながら首を傾げたら、加世子はにんまりと笑った。

「千紘が自発的に他人のデザインするのって滅多にないでしょ。それに該当する子なんだな、って理解した」

「滅多にないって、……それはまあ、就職の時に禁止されましたし」

「その前からでしょ。学生の頃に受けてたオーダーだって、基本的にはストックしてたデザインから選んで作ってたじゃない。自分から『誰かのため』を想定して描くことは滅多にないって、玖美《くみ》さんからさんざん自慢されたけど？」

「……何ですか、その自慢って」

返す声が、妙な具合に裏返った。そんな千紘を眺めて、加世子は笑みを深くする。

「玖美さん曰く、一番に『これおかーさん用』って指定で作ってもらって、それが三着もあるんだって。千紘が高校生の時に作ったスーツなんか、親しい人には必ずお披露目するんだけど。もしかして初耳？」

「おひ、……」

あり得ない話に、顔から火が出るかと思った。

高校生となると、軽く十年は前のことだ。そんな稚拙《ちせつ》なものをお披露目されるなど、恥ずかしいとしか言いようがない。

「その時、千紘が自発的にデザインするのは、その相手をすっごく大事にしてる証拠だって言ってたのよねえ。まあ実際、千紘ってそういう意味では人を選ぶでしょ……って、何その顔。もしかして自覚なし？」

「それも、初耳です……としか」

けれど違和感はまるでない。つまり図星ということだ――思い知って自分で驚いていると、加世子は楽しげに首を傾げた。

「千紘が髪切ったのって、その子の提案なんだってね」

「それは、はい。彼と話してる時に、そういえばもう切ってもいいんだって気がついて」

「もしかして、この前わたしに電話くれたのもその子の助言のおかげだったりする？」

「え」

ふいに内容が飛んだ問いに、千紘は瞬く。それを横目に、加世子はすぐ傍のベッドに腰を下ろしてしまった。

「今だから言うけど、あの時はびっくりしたのよ。――実際んとこ、以前の千紘だったらまず相談しなかったんじゃないかなって。いきなり退職届出して姿を眩《くら》ますとか、ひとりで抱え込んで頑張って頑張って、最終的に倒れるか動けなくなって発覚、ってパターンでもおかしくなかったのに、って」

「――……」

返事できなかったのは、図星だったからだ。映画館に行ったあの夜から翌日に水嶋の連絡を受けるまで、千紘は「自分でどうにか」する前提でしか考えられずにいた。

「責めてるわけじゃないのよ。千紘の性分は知ってるし、それが責任感に繋《つな》がってるとも思うし。けど、場合によっては千紘自身の首を絞めるんじゃないかなーとも思ってたの。だからわたしも兄さんも声をかけてきたつもりだったんだけど、千紘はねえ……礼儀正しいを通り越して他人行儀まで行っちゃうでしょ?」

「それは――でも、実際におれはもう瓜生《うりゅう》の家とは無関係、で」

「書類上はね。だけどわたしも兄さんも、赤の他人になる気はないのよねえ」

困ったように笑われて、千紘は返答に詰まる。

やっぱり甘やかされていると、思う。けれど今は、その言葉を染みるように優しく感じた。

「――以前に彼から貰った助言を思い出しました。ひとりで頑張らずに誰かに頼れ、と」

「ああ、やっぱり?」

納得したように、加世子が頷く。そのままじ、と千紘を見つめてきた。何となくたじろいだところで、窺《うかが》うように言う。

「ちょっと訊いていい? 千紘、その子とつきあってるの? ええと、恋人同士かって意味なんだけど」

「え」

（好きなんだ）

瞬間的に、西宮のあの告白を思い出した。アルコールのせいか一部曖昧な記憶の中、それでも妙に鮮明に覚えている――。

「なーるほどー。ああ、でも大丈夫よ。千紘の気持ちは千紘のものだし、最近そう珍しくもないし。わたしの友達にもそういう人がいるの、千紘も知ってるでしょ」

「い、いえ、その、違うんです。つきあってるとか、そういうのじゃなくて」

「あらら。じゃあまだ片思い中？」

「かた、おもい……」

思いがけない言葉を、おうむ返しにする。そんな千紘に、加世子はにやりと笑った。

「だって、コレ描いてる時の千紘の顔。すごく幸せそうだったわよ？　わたしも初めて見るくらい。千紘って、あんな顔で笑うのねえ」

納得とばかりに何度も頷かれて、勝手に顔が熱くなった。隠すように口元を手のひらで覆って、千紘はそろりと加世子を見る。

「かた、おもいって、だって相手は男、で。あと、大事な友達、で――信頼してるし絶対失いたくない、とは思います、けど。でも、恋愛感情かどうかは」

「それも自覚なし？　うーん、玖美さんなら何て言うかなあ……そうねえ、恋愛っていうのは『自分からする』んじゃなくて『勝手にそうなる』ものなんだって」

「あー……似たようなことなら、去年の夏の初め、に」

何の予告もなく唐突に、恋人連れで会いにやってきたのだ。前回とはまた違う相手に内心で眉を顰めたのに気づいたらしく、呆れ顔で「仕方ないでしょ」と笑った……。

「友情か恋愛かだったら、一発で判別する方法あるわよ？　ココに訊くの」

「ここ、？」

言葉とともに、指先でつんと胸をつつかれた。

「その相手に自分よりずっと親密な相手がいて、四六時中そばにいる上に優先順位が千紘より高い。それでも仕方ないと思えるかどうかを、よくよく訊いてみて」

「しかたないと、おもえるかどうか……」

「恋愛感情には独占欲がつきものなのよねー。感情は嘘つけないものだし。実際に会った時にココに訊けばわかるんじゃない？　明日にはアパートに帰れるし、ちょうどいいでしょ」

「え、……」

「うちに来てからは職場との往復ばかりで、外食もしないし遊んでもないし。ずっとその子にも会えてないでしょ？　愛梨ちゃんの誘いも断っちゃったし」

「それ、は」

三日前、愛梨から帰国報告に併せて土産《みやげ》を渡したいとの連絡が入った。状況が不透明だったこともあって「今はゴタついてるから、落ち着いたら連絡する」と断った。

(そう。加世子さんちにいるんだよね？　お隣さん、は)

(士郎は何も知らないから)

愛梨の言葉を遮って、通話口の彼女が怪訝そうな声を出すのを宥めて通話を切ったのだ。

……西宮からは、連絡先変更のメールを送ってから音沙汰がない。了解の返信さえないのが気になって、けれど自分からどうすればいいのかわからなくてそれきりになっている。

「帰ると言っても、おとうさ、……社長は事態が落ち着くまではここにいるようにって」

「水嶋の件、決着がついたんですって。千紘のところにもメール来てるんじゃない？」

え、と瞬いた千紘に、加世子は肩を竦めてみせた。

「あの録音、どう聞いても脅迫でセクハラだったでしょ。なのでいろいろ調べてみたら、似たような余罪がわんさか出てきたみたいでねえ。ほとんどが相手の弱みを握って脅す系だけど、その弱みも意図的に作ってたりで、かなり悪質だってわかったんだって。ちなみに千紘に関しては完全に言いがかりだったんで、追及早々に言い訳も尽きたみたいよ。何だっけ、脅せば言いなりになると思った、とか。馬鹿にしてるわよねえ」

手配した弁護士と上役が先方に出向いて事情を聞き、先方が慌てて調査をした結果の処遇は三日前には既に出ていて、本日付で水嶋は遠方の子会社に異動、つまり降格の上で左遷となったのだそうだ。

「今日の午後に、引っ越しと本人の移動が完了したって。先方から連絡があったそうよ」

「――――」

急転直下すぎて言葉が出なかった。啞然として加世子を見ていると、くすりと笑われる。

「す、みません。……呆気なさすぎて、何を言えばいいのか」

「兄さん、本気で怒ってたからねー。よりにもよって千紘に何をって」

苦笑交じりに言われて、つい眉根が寄った。思い切って言う。

「助けてもらっておいて言うことじゃないのはわかってるんです。でも正直、おれだけ特別扱いされるのは――」

「あの状況だったら誰が被害者でも動くわよ。うちもだけど、兄さんとこもそのための部署まで置いてるんだし」

ただね、と加世子は苦笑した。

「多少の身贔屓《みびいき》が出るのは仕方ないんじゃない？　兄さんて千紘が可愛くて仕方がなくて、なのに離婚したせいで距離が空いちゃってかなり不満みたいだし」

腰を上げた加世子に、「はい」とデザイン画を差し出された。

「わたしが送るんだったら明日の午前中ね。用事があって午後は無理だけど、その方がよければ兄さんが車回してくれるそうよ。それとも、もうしばらくうちにいる？」

「いえ、……帰り、ます。あと、帰りはおれ、ひとりでも」

「それは却下。じゃあ明日の午前中でいい？　荷物、はそんなにないと思うけど一応まとめておいてね。まあ、忘れ物があればあったで送るなり届けるなりするからいいけど」

さくさくと決めてしまうと、加世子は「おやすみ」の一言を残して出て行った。

閉じたドアをしばらく眺めて、千紘は小さく息を吐く。手の中に残ったデザイン画を、改めて眺めてみた。

——西宮のイメージで描いたものとして、これが何枚目になるだろうか。

会いたいのか、会いたくないのか。会ったとして、どんな顔をすればいいのか。

西宮は、どう反応するだろうか……？

自分でもわからないことだらけで、それでも千紘の中に浮かぶ気持ちは明確だ。

今すぐにでも、西宮に会いたい。

■　■

約十日ぶりに帰ったアパートでは、早々に一階の住人に捕まった。

「あらーお帰りなさい男前さん。近頃見ないからどうしたのかと思ってたわー」

「お久しぶりです。これから散歩ですか？」

「買い物がてらねえ。でもよかったわあ、男前さんがいなくなるとウルオイがねえ」

くふくふ笑う一階の老女は、相変わらず目尻の皺《しわ》が可愛い。千紘の後ろで目を丸くしていた加世子にも愛想よく声をかけ、「じゃあねえ」と出かけていった。

「……千紘って、もしかしてここのアイドル……？」

「まさか。いい人が揃ってるだけです」

「なあるほど……お隣さんもお隣さんだし、ってことは確かに環境はいいのよねえ。あとはセキュリティかあ」

難しい顔で唸《うな》る加世子を促し、二階の自宅に戻る。お茶を淹れ一服した後で、帰っていく加世子を敷地の出入り口から見送った。

隣室はずっと静かだったから、あるいは留守なのかもしれない。

気にはなるけれど、訪ねて行ってもいいのか。あんな状態で別れた上に間が空いたせいか、ドアをノックするだけなのにひどく抵抗があった。

「先に買い物、かな……」

突然の長い留守だったから、冷蔵庫の中身の多くは駄目になっているはずだ。早々に片付けて、買い物メモを作って出かけよう――そんな算段をしながら階段を上っていたせいで、気づくのが遅れた。

「……おはよう」

不意打ちのように聞こえた声に反射的に顔を上げて、千紘はかちんと固まった。

二階の外廊下、千紘の部屋の前に西宮が立っていた。これから出かけるのか、コートの上に紺のマフラーを巻いている。以前から彼の持ち物だったそれが、千紘が見立てたまだ新しいコートに誂えたように似合っていて、

「――……ヒロ？」

西宮以外はしない呼び方をされて、ようやく我に返る。そうして、いつの間にか見惚《みと》れていた自分に気づいて、唐突に泣きたいような気分になった。

「あ、……ごめん。その、おはよう。ええと、この前、は――」

縫い留められたように視線が離せなくて、なのに見られていると思ったとたんに俯いていた。何を言おう、何か言いたかったはず、何か言わなければ――ぐるりと思考が一巡りしても言うべき言葉が見つからず、千紘は内心でどうしようもなく焦る。

「……ヒロ」

間延びしたような沈黙の果て、低い声で名前を呼ばれてどうにか声を押し出した。

「――っ、あ、うん。あの」

「悪かった。あの夜に言ったことは忘れてくれ。……なかったことに、して構わない」

「――」

一瞬、言われた内容が理解できなかった。時間が止まったように動けない千紘に、西宮は静かに続ける。

「それと、……勝手を言ってすまないが。しばらくの間、距離を置きたい。ただし、何かあった時は別だ。帰りが遅くなる時や異変がある時は連絡しろ。そこは遠慮しなくていい」

「……？」

のろりと見上げた西宮の顔は、久しぶりに見る仏頂面だ。思って、その後で気づく。この表情は、きっと彼の鎧《よろい》だ。だって友人だった頃には滅多に見ることがなかった。

「大事な友達だと思ってるんだ。放っておくつもりはない。……いいな？」

返事を促されているのがわかって、どうにか頷く。それを確かめたようにひとつ頷いて、西宮は前へと踏み出した。階段の途中で動けない千紘の横をすり抜けていく。

どこに行くのか、いつ帰るのか。以前なら衒《てら》いなく言えたはずの問いが、喉の奥で詰まって出て来ない。振り返ることも、手摺り側に寄って駐車場を見下ろすこともできないまま、千紘は車のエンジンがかかり敷地から出ていくのを音だけを聞いていた。

「……なかったこと、に……？」

ぽつんと声がこぼれるまで、どのくらいの時間があっただろうか。ようやく手摺りに寄って見下ろしてみても、紺色の車はどこにもない。のろのろと足を動かし自宅に入って玄関ドアを閉じて、その間も先ほどの西宮の表情と声が脳裏から消えない。

大事な友人だと言いながら、知人だった頃と同じ目をしていた。いつもならさりげなく千紘の肩を叩《たた》いていくはずの手はきつく握られたまま、千紘を避けて階段を降りていった。

（好きなんだ）

――あの告白が、撤回されたのだ。

「それなら元通りになるはず、で」

千紘が望んだことだった、はずだ。友人のままでいい、恋人なんてあり得ない。ずっとそう思って、だからこそ西宮への連絡を躊躇《ためら》っていた。

なのに、どうしてこんなに空虚なのか。身体の真ん中が空っぽになったように感じてしまう、のは。

ドアに凭れたまま頭を振って、千紘はやっとのことで靴を脱ぐ。先を揃え置き直して、ふとドアにくっついた郵便受けに目を留める。箱の形になったそれに開けられた隙間から何か届いているのを知って、指先で取っ手を引いた。

ダイレクトメールと、公共料金の請求だ。後者は明日にでも支払いに行こう。思い決めて、一応確認したダイレクトメールを処分して、唐突に気がついた。

……それ以外に、何も入っていなかった。

「え、……？」

瞬いて、慌てて記憶を辿る。ここにいる間に始まった連日の無言電話は、いつまで続いていただろう。

……加世子のところに移った日には、来なかったはずだ。もっとも二日目には以前のスマートフォンを預けて処分を頼んだため、本当に終わったとは限らない、けれども。

ああしたつきまといは始まるのも唐突なら、突然終わることもあるという。過去の経験でも、執拗《しつよう》な悪戯《いたずら》電話や手紙がある日いきなり来なくなったことがあった。

「本当に終わった、って、こと……？」

張り詰めていたどこかが緩んだのか、気がついたら炬燵の天板に額をつけていた。とりあえずよかった、だったら西宮にも——そこまで考えて、息が止まった。

(何かあった時は別だ)

(放っておくつもりはない)

つまり、彼の手を借りる「理由」がなくなったということだ。千紘から西宮に連絡する唯一の理由——口実が、なくなってしまった。

■　■

この部屋は、こんなに広かっただろうか。

翌朝、いつも通り目を覚ました千紘がまず思ったのは、それだった。

約十日ぶりとはいえ、自宅だ。馴染んで居心地がいいはずなのに、妙に落ち着かない。何かが物足りず、どこかが違う。違和感があるのはわかるのに、その正体がわからない。

だって何も変わっていない。物の配置も空間も、目に映るもの全部に馴染みがある。間違いなく、いつもの自分の部屋だ。

なのに——ひどく居たたまれない。

頭を振って、千紘は一通りの家事を終える。洗濯物を干してしまうと、すぐにやることがなくなった。

「気分転換、でもしよう、かな……」

ふと口にして、その後はすぐに支度をした。玄関を出て施錠をし、小一時間ほど前に外出したはずの西宮の部屋のドアに目を向ける。

つきまといが終わったことをちゃんと伝えよう。そう決めていたはずなのに、結局昨日は言いそびれた。帰ってきたのは物音でわかったのに、部屋を出てあのドアの前まで行ったのに——結局はそのまま引き返してしまった……。

息を吐いて、千紘は外階段を降りた。一階の玄関先で鉢植えの花に水をやっていた老女に、いつものように挨拶をする。

「あらおはよう、お出かけ？　今日はひとりなの？」

「はい。ちょっと気分転換に出て来ようかと」

「たまには美味しいものでも食べて来たらいいわー。ちょっと寂しくなっちゃったわね？」

労《いたわ》るように言われて、千紘はきょとんと首を傾げる。と、老女は少し困ったように笑った。

「男前さん、管理人さんと仲良かったでしょー。でも管理人さん、彼女さんができたみたいねえ？　そうなると、なかなか一緒にいられないかもねえ」

「……──彼女、できたんです、か？」

「さっきお迎えが来てたわよー。髪の長い可愛い女の子。車に乗って行っちゃった」

「あー……そうなんですか。それは、でも仕方ないですねえ」

呼吸が止まったかと思ったのに、平然と笑って返している。そんな自分が、他人のように思えた。老女と別れて駅へと向かう間も、足は動くのに思考は固まったままだ。そのくせちゃんと電車を乗り継ぎ、学生の頃からよく行く町の駅で降りた上に、馴染みの店で買い物まですませているのが不思議だった。

「ありがとうございましたー。……持って帰れます？　結構重いですよ」

「平気、です。ありがとうございます」

顔馴染みの店長に礼を言って、千紘は行きつけの手芸店を出る。ずっしりと重い荷物に息を吐き、目についたカフェに足を踏み入れた。奥の席に陣取るとメニューを見る前にランチを注文し、抱えたままだった荷物を向かいの席に移しかけてふと覗き込む。

「買ったはいいけど、……使わずに終わる、かな……」

時間を持て余した昨日、西宮をイメージして描いたデザイン画の型紙を作ったのだ。眠気が来たら切り上げるはずが、深夜までかけて二着分仕上げた。そこにイメージそのものの色の服地を目にしてしまったから、ついオーダーの声を上げてしまった。

（距離を置きたい）

今の状況で作ったところで、渡せるわけもないのに。

（管理人さん、彼女さんができたみたいねえ）

友人と言ったところで、……以前のような関係に戻れるとは限らない、のに。

落ちてきた認識に、心臓の奥が縮む。以前、母親が言っていたことを思い出した。

（人なんて、どんどん変わっていくものよ。いくら好きだと思ったところで、ずっとそうとは限らないの）

（食べ物にも、好みや賞味期限があるでしょ？　それと同じよ。好みが変われば好きじゃなくなるし、続いたところでどこかで飽きたり、関係が変わってしまうこともあるの）

初めて聞いた時は、言い訳にしてもどうなんだと呆れた。

彼女が飽きっぽいのも、どんな恋人とも長続きしないのも知っていた。社長との結婚だって、長続きしないだろうと察してもいた。

けれど、それが現実となると腹が立ったのだ。人の気持ちをそんなものに喩えるなと、その程度の「好き」で他人を振り回すのは失礼なんじゃないかと——後者の方は確か、社長との離婚を言い出した時に抗議したのだったか。

（厭ねえ。そういうこと言われるのが一番困るんだけど）

千紘の反駁《はんばく》に、母親は呆れるというより当惑したようだった。

（人の気持ちなんて自由でしょ。一度好きになったらずっと好きでいろとか、相手が変わらないからこっちも変わるなとか言われても、そんなの無理に決まってるじゃない？）

「お待たせいたしました」

「あ、……ありがとう、ございます」

ふいにかかった声に我に返ると、目の前にランチが置かれるところだった。湯気の立つそれに箸を伸ばしながら、千紘は今さらに——今になって、昨日の西宮の言葉を理解する。

（あの夜に言ったことは忘れてくれ）

（なかったことに、して構わない）

——つまり、もう終わったということだ。西宮の中での千紘への「好き」は、彼にとってはもう「いらないもの」になった。

「即答で、断った、しな……」

考えるまでもなく、当たり前のことだ。その後何のフォローもなく、どころか十日余りもろくに連絡しなかった。その間にもっと別の出逢いがあったとしても、西宮がそちらに気を引かれたとしても文句を言える筋合いはどこにもない。

止まっていた箸を、もう一度動かす。空腹だったはずなのに食欲が失《う》せた。進まない箸を持て余して数分後、結局千紘はほとんど手つかずのランチを置いて席を立つ。

商店街を歩いてみても、何ひとつ目に入らなかった。通行人のファッションもただ流れて行くだけだ。そんな自分にうんざりして、早々に帰途につくことにした。

最寄り駅まで帰り着き、ほっと息を吐く。夕食に弁当でも買って帰ろうと駅に近いスーパーに向かう途中、藤色の車が目に入った。何気なく流し見たナンバーは、愛梨が先日乗っていたものと同じだ。

近くに来ているのかと、すぐさまスマートフォンを引っ張り出す。けれど着信の表示はなく、それが不思議で周囲を見渡した。

……友人とのシェアなら、使っているのはその友人かもしれない。そう思い肩を竦めた時、少し先のファストフード店の窓際に見覚えある姿を見つけた。

友人と一緒に遊んでいるのだろうか。思いながらそっと近づいて、足が止まった。

愛梨はひとりではなかった。向かいの席には千紘もよく知る——昨日も久しぶりに会った隣人が座っていた。

(さっきお迎えが来てたわよー)

(髪の長い可愛い女の子。車に乗って行っちゃった)

「愛梨、が……?」

ぽつりと落ちた自分の声が、ひどくざらついて耳に残った。小さく息を呑み込んで、その後で急に思い出す。——そういえば、愛梨は以前西宮に会いたいと言っていなかったか。

知らず、足が一歩下がる。窓の向こう、話し込むふたりに気づかれないよう、千紘は急いで踵を返す。荷物を抱え直し、あの窓から目に入らない通りへと急いだ。

背中で閉じたドアが、派手な音を立てた。

近所迷惑だったかと頭のすみで思いながら、千紘はその場にずるずると座り込む。吐息とともに傾いた後ろ頭が、鉄製のドアに当たった。長めのコートが妙なふうにたくれたらしく、床についた腰が染みるように冷たい。その全部を、妙に遠いことのように感じた。

(うん。興味津々)

最後に会った時の、愛梨の言葉を思い出す。

(じゃあ今度まで待つ。楽しみ)

愛梨がそんなふうに、他人に――しかも男性に、関心を示すのは珍しい。というより、千紘が知る限り初めてだ。

……だからこそ、咄嗟に言葉を選んだ。あの時、千紘は確かに「厭だ」と思ったのだ。会わせたくない、それは駄目だ、と。

姉のように思う愛梨と、大事な友人の西宮なら、むしろ引き合わせて当然なのに――理屈ではない部分で、どうしてもそれは避けたかった。

「いつ、から……？　ああ、でも結構、お似合い、かも」

勝手に唇からこぼれた声が、ひどく乾いてひび割れている。だったら祝福した方がいいんだろうなと、流れるように思った瞬間に胸の奥が引きちぎられるような心地になった。

（じゃあまだ片思い？）

何の脈絡もなく、一昨日《おととい》の加世子の言葉が脳裏に浮かぶ。

（恋愛っていうのは『自分からする』んじゃなくて『勝手にそうなる』ものなんだって）

言われた時は、よく意味がわからなかった。

（一発で判別する方法あるわよ？　ココに訊くの）

そんなもの、自分には関係ないとあの時は思った。

（その相手に自分よりずっと親密な相手がいて、四六時中そばにいる上に優先順位が千紘より高い）

――なのに今、どうしようもなく苦しい。胸が痛くて、なのに空っぽになったようで、まるでとても大切なものを無理にもぎ取られた、みたいに。

（仕方ないと思えるかどうか）

どうして、あの言葉を聞き流せたのか。

（理性はともかく、感情は嘘つけないものだし）

引導を渡されて一日経った、今日になって。気づいたところで、ただの間抜けだ。泣き喚くにも遅すぎて、笑うしかない。

人の気持ちが簡単に変わってしまうことくらい、母親を見ていればよくわかる。けれどその母親にとって、千紘は常に「二番目」だった。恋人という「一番目」よりも優先順位が低く、けれどその恋人がどんなに変わっていっても――何年経とうとも、絶対に位置が変わることがない。

置き去りにされるのが厭で、「一番」になりたくて、けれどそうなるのが怖かった。だって彼女の「一番」は次々と変わっていく。そうなれば、いつか捨てられるかもしれない。

「一番」になりたいのに、「二番」でいた方が安心する。そんな矛盾を、ずっと千紘は抱えていた。

だから、西宮の「恋人」には――「一番」にはなりたくなかった。「二番」以下の友人でいた方が、絶対に長続きするから。いつか二の次にされる日が来るとしても、それならずっとつかず離れずでいられる、から。恋愛が終わることに怯えずにすむ、から。

「何、それ……かんぜん、にかたおもい、じゃ――」

こぼれた声が、いつの間にか滲《にじ》んでいる。目の奥が熱くて痛くて、視界がゆらりと大きく揺れた。瞬いた先から勝手にこぼれて、コートの上を転がっていく。

……だからあの告白を、断った。そのくせ、どこかでまだ大丈夫だと思っていたのだ。西宮ならずっと「好き」でいてくれるかもしれないと、「友人」のままで「一番」になれるんじゃないかと身勝手な期待を抱いていた――。

喉の奥からこぼれる音のような声を、奥歯を嚙んで無理にも呑み込んだ。震えるような息を吐き、ふと膝に触れる買い物袋に目を留める。

買った服地は、西宮に一番似合う深い紺だ。一見黒に見えてもっと濃密な深くて高い夜空の色は、彼が好きだというプラネタリウムで見たそれとよく似ていて――けれど、きっとこれを使う日は来ない。

「引っ越した方がいい、かな……」

愛梨と西宮が恋人同士になったなら、もちろん祝福はしよう。お似合いだと思うし、幸せになってほしい。

二度と会わないと言うつもりはない。愛梨とは十年近い付き合いだし、これからもきっと長く続いていく。

そこはちゃんと心得る。邪魔にならないよう、この気持ちを気取られないよう、愛梨にとっても西宮にとっても「二番目」以下の友人でいる覚悟も決める。

……だからこそ、今のこの距離でいるのは無理だ。

「愛梨、も……士郎も、聡《さと》い、し、なあ……」

きっと愛梨には隠しきれないし、西宮にも気を遣わせる。そんなのは厭だし、心苦しい。

愛梨も、西宮も悪くないのだ。間違えたのは千紘であって、誰かを責めるようなことじゃない。

　コートのポケットを探り、のろのろとスマートフォンを取り出す。画面に目をやって、どうすればいいかわからなくなった。――愛梨からの、通話着信だ。

　無意識に呼吸を止めている間に、音が途切れて画面が待ち受けに戻る。知らず息を吐いた、そのタイミングで今度は背後のドアがノックされた。

　飛び跳ねるように、ドアから背を離していた。

　知り合いなら、訪ねる前に連絡してくるはずだ。西宮は別、と考えかけて、それこそ今はないはずと思い直す。居留守でいいかと投げやりに思った後で、昨日の加世子が「後で荷物送るから」と言っていたのを思い出した。

　どうにかこうにか腰を上げ、散らばった荷物を片隅に寄せる。もう遅いかもと思いながらドアを開き、

「やっぱいたんじゃんっ」

　一瞬で、そのドアを外から引かれた。直後に部屋の奥へと突き飛ばされ、たたらを踏んで尻餅をつく。はずみで手から離れたスマートフォンが、硬質な音を立てて床で跳ねた。直後、そこから先ほどと同じ着信音が響き出す。

「切れよソレ、うるさいだろっ」

　潜め損ねた低い声は、露骨な恫喝《どうかつ》だ。前後して背中で玄関ドアを閉じた人物が内鍵をかけ

るのが、続く金属音でわかった。

「――……な、だれ……っ？」

「切れって言ってんだろっ」

怒鳴り声とともに、床の上のスマートフォンを蹴り飛ばされた。固い音を立てて転がったそれが、短く脚のある食器棚の下へと見えなくなる。はずみで切れたのか先方が切ったのか、その時には着信音は途切れてしまっていた。

「な、に――い、きな……っ」

抗議の声が終わる前に、肩を摑まれ俯《うつぶ》せに突き倒される。顔をぶつけることはなかったものの、下になった右肩に鈍い痛みが走った。乗り上がってきたずしりとした重みに無意識に呻《うめ》いた時には、摑まれた両の手首を背中で縛められていた。

「どーも小日向サン？　訊きたいことがあるんですけどね、アンタ社長に何言ったんすか」

「……は？　……え、――さやま、くん……」

身動きが取れないまま台所の床に転がって、千紘は立ったまま見下ろしてくる相手に目を向ける。名前を呼んで、なのに本当に佐山なのかと瞠目した。

顔立ちそのものはそのままに、けれど表情が別人のように違うのだ。荒《すさ》んでいるとしか言いようがない、くらいに。

「オレ、チーフから呼び出されて尋問された上に厳重注意まで食らったんですけどねえ？

わかります？　アンタのことが大っ嫌いでずーっとシカトしてた、あのチーフがですよ？　オレを見つけて認めてくれて、きっちり面倒見てくれてたはずのチーフが、何でアンタを庇ったりするんです？　どう考えてもおかしくありません？」

辛うじて肩を浮かせた千紘を、間近で見下ろす彼は土足のままだ。唇の形は笑っているのに、表情はまるで笑顔には見えない。違和感と、得体の知れない恐怖に息を呑んだ千紘を、跨《また》ぐようにしてじろじろ見下ろしている。

「それだけでもあり得ないのに、今度は異動とか言うんですよねえ。オレの方に部署から外れて余所に移れ、もう正式に話が決まってる、って。それが厭なら夏までいた店舗に戻れ、とか。あり得ないですよねえ？　オレが直訴したのも認めて引き上げてくれたのもチーフで、そりゃ年明けのコンペは冴えない結果でしたけど、でもまだ異動して半年にしかならない。次回は絶対って決めてんのに、何でそうなるんです？　おかしいでしょ？　……そうなると、アンタが社長へのコネを使ったとしか思えないんですよねえ」

「らしい」としか言えない言い分も、表情も目の色も唇の形も馴染みのものだ。けれど声の響きや雰囲気に、滴るような毒がある。

「あのチーフが、望んでオレを外すわけないですし？　だったら誰かがオレを嵌《は》めたってことでしょ。そういうことをやりそうで、実際に行動できる人となると、ねえ……？」

言い様に、千紘の傍に膝をついてきた。縁側で世間話でもするように、その場であぐらをかいて頬杖をつく。じろじろと千紘を眺め回した。

「前から思ってたんですけど、コネと七光りしかないインチキさんが堂々とコンペに通って採用とか、どう考えてもおかしいですよねえ？」

「な、んの、話……おれは、何も」

「この期に及んでまだしらばっくれます？　アンタが分不相応に贔屓されてんのは事実じゃないですかー。例の新年会で着てたアレだって、社長経由で誰かのデザイン買ったか、強要したかでしょ。ってことは、コンペに通ったやつもそうですよねー。だったら毎回残るのも道理ですもん。──実際、学生ん時にもやってんでしょ？　人が賞獲ったデザイン捕まえて、本当は自分のだとか。もっともそん時はコネがなかったんだか根回しが足りなかったかで、誰っにも相手にされずに終わったみたいですけどねえ？　ああ、その教訓生かしたから今があんのかー」

　辛うじて発した反論は、聞く耳はないとばかりに叩き落とされた。頬杖をついたまま片頬を歪めて、佐山はふいに声のトーンを低くする。

「アンタって、本気で目障りってか邪魔なんですよねー。ってか知らないんでしょうけどそう思ってるヤツ結構多くって、だからアンタの引っ越し先とかも喜んでリークしてくれるんです。そいつ、前から憂さ晴らしにアンタに妙な写真入りの手紙出したり、暇つぶしに尾行したりして遊んでたとかで、オレも一緒にやらないかって誘われましてねえ？」

言われた内容に、全身が固まった。声もなく見返す千紘をにやにやと眺めて、佐山は続ける。

「ふっるい広告探し出してドアポストに突っ込んだり、無言電話かけてみたり？　とことんやってりゃそのうちクるだろうと思ったのに、被害者面でしぶとく出勤してくるとか。全然面白くもないし、退屈しのぎにもなんねーし？」

「――……去年からのあれは、じゃあ、きみが？」

「アンタ昔、総務にストーカー自慢したでしょ。それにムカついたヤツが主犯ですって。まあ、どうせならフル体験させてあげようかなーとは思ったし協力もしましたけどねえ？　引っ越したと思えばこんっなボロ家だし、新年会終わりではずいぶん面白い顔してたしでその先ノイローゼにでもなって退職とかどうかと期待してたのに、まあ可愛げがないってか」

「そん、……どう、して」

つきまといが始まったのは、佐山の異動時期とほぼ一致している。けれど、そうなると彼は異動早々、ほぼ初対面か案内役をしただけの千紘に仕掛けたことになるのだ。

「だーから言ったじゃないですかー。アンタを気に入らない人間は結構多いんですって」

「――、……」

「異動したてのオレに何言われてもまともに言い返せない腑抜けのくせに、とっくに切れた縁で上に取り入ってコネと七光り使ってできるフリとか？　必死で勉強してやっとデザイナーになったオレとか、なりたくてもなれなかった連中からすれば目障り以外の何者でもないですけどお？」

陰で囁《ささや》かれているのは承知していても、面と向かって言われたのは初めてだ。強すぎる毒気に当てられた心地で、千紘は短く息を呑む。同時に、先日の社長の言葉を思い出した。

（顔を上げなさい）

（やっていないなら胸を張れ）

ゆっくりと、顔を上げた。胡乱な顔をした佐山を、千紘はまっすぐに見据えて言う。

「……おれを嫌ってるあのチーフが、そんな不正を黙って見過ごすと思うんだ？」

「はあ？　いきなり何、――」

「コネがあるのも、七光りも否定はしない。けど、おれはそれなりの結果を出してるし、それは社長にも認めてもらってる」

「そ、んなもん、アンタが贔屓されてるからだろ！　それで見逃されてるだけで」

「本気で不正があったと言うなら、こんな真似をするより客観的な証拠を揃えてチーフに訴えたらどうかな。その方がずっと話は早いよ」

（疚しいところがないのなら、言うべきことをきちんと言いなさい）

脳裏で響く社長の言葉に、背中を押された気がした。佐山の視線を捉えたまま、千紘は平淡に続ける。

「きみが言う通りチーフはおれを嫌ってるし、もともと公平さで知られた人だ。社長がどう贔屓しようが、それが事実ならすぐにでもおれをデザイナーから外すはずだよ。――こっちも聞きたいんだけど、自分の気に入らなければ何をしてもいいと誰から言われた？　そんなことより、今は自分のすべきことに集中した方がいいんじゃないのか」

「な、……ってめ――」

襟首を摑まれ、きつく締め上げられて顔を向けると、もの凄《すご》い形相で睨む佐山と目が合う。

そのタイミングで、玄関ドアをノックする音がした。

反射的に顔を向けたとたん、上から喉を押さえつけられた。はずみで浮いていた肩が落ち、後ろ頭が床にぶつかって鈍い痛みと圧迫感に知らず細い声が出る。

わずかに陰った視界の中、焦った顔の佐山がさらに千紘の喉を深く沈める。ほとんど吐息に近い声で、「喋《しゃべ》るな」と命じてきた。

「千紘？」

ドア越しに届いた高めの声は、愛梨だ。もう一度、千紘を呼んでドアを叩く。

まずいと直感して、抵抗を止《や》めた。胡乱に見下ろしてくる佐山に、わずかに首を横に振る。

今、愛梨を入れたら、間違いなく巻き込んでしまう。

「千紘、いるよね。開けて」

なのに、愛梨は諦めない。ドアノブを摑み、ドアを開けようと試みている。

期せずして、佐山とふたり呼吸を殺しドアの向こうを窺った。間を置いて、ドアの向こうで話し声がする。

低い声音が西宮のものだと悟った時、小さな金属音が聞こえた。「まさか」と予感を覚えたのとほぼ同時に、音を立ててドアが開く。

間近で、佐山が息を吸い込む。首の圧迫が消えたと気づいた時には襟首を掴まれ引き起こされて、モノ扱いで振り回されていた。

身構える前に、右半身に衝撃が走った。何かがひっくり返るような物音に続いて、鋭い破裂音が流れ落ちるように響く。下になった肩口から肘に、鈍く重い痛みが走った。

「ヒロっ」

「ち、……ひゃっ」

辛うじて目を開いた先、ドア口にいた愛梨を押しのけて駆け去る佐山がわずかに見えた。

いつの間にか止まっていた息を吐く前に、駆け寄ってきた人に「動くな」と言われる。

「ガラスが割れてる。怪我《けが》をするから今は動くな」

「し、ろ……?」

生真面目な顔で、千紘の周囲をかき分けているのは西宮だ。

どうして、と思う前に心底安堵した。自分の吐く息が、いつになく忙しなく耳につく。のろりと周囲を見回して、千紘はようやく自分が倒れた食器棚に半分乗り上がっていたことに

――ガラスの扉も、中の食器も割れていたのを知った。

「千紘、怪我は」

やってきた愛梨が、玄関先から覗き込む。それへ、西宮はごく事務的に言った。

「見た目にはない。一応受診はしておいた方がいいが、その前にガラスだ」


「何でそうなったのか、わかるように説明」

「何で、って……」

怒った顔の愛梨にぴしりと言われて、千紘は短く息を吐いた。つい先ほど近くのクリニックで手当てしてもらった肘を包帯の上から撫でながら、どうしたものかと思案する。

あの後、見える範囲のガラスを取り除いてもらって身を起こし、割れた破片に紛れて転がっていた鍵で背中の縛め――玩具の手錠は外してもらえた。

怪我の有無を確認し、剝《む》き出しの肌に出血がないのを確かめ、上から下まで着替えをしてから、ほぼ強制的に愛梨の運転する車で受診させられたのだ。書いてもらった診断書を手にアパートに戻ると、ひとり残っていた西宮が壊れた食器棚と中身の残骸を片付けてくれていた。

千紘のスマートフォンは、その残骸の中で見つかった。画面こそ割れていたものの電源は入ったままで、付け加えれば通話自体も佐山襲来時からずっと繋がっていたという。

何かのはずみで、通話がオンになっていたらしいのだ。電話した愛梨は耳に入った話し声を胡乱に思い、そのまま内容を聞いていた。それと前後して西宮の方には、アパートの一階の住人から「外出から帰った千紘の様子が変だった、あと若い男が上がって行った後、大きな物音がした」との連絡が入った。それで慌てて一緒にアパートに戻ってきた、という。

つまり、ほぼ全部を聞かれてしまったわけだ。

今の千紘がいるのは、自宅ではなく西宮の部屋だ。家主の西宮は先ほどからずっと無言で、けれど痛いような強い視線でじっと千紘を見ているのがわかる。

「千紘、職場でいつもあんなこと言われてた？　いつから？　何で？」

「それは、その」

「あと、何でドア開けた？　変な人出てるから注意、って言ったのに。元から仲良くない人、でしょ？」

「ええと、その変な人、の方はもう終わったと思ってて」

とたんに眉を吊《つ》り上げた愛梨に、昨日帰宅して気づいたことを――不在中に不審物が届いておらず、尾行もなく無言電話も途絶えていたことを告げる。

「だからって、仲良くもない人を無防備に入れたら駄目」

「ごめん、その……荷物が届いたんだとばかり、思って」

観念して口にすると、愛梨は今にも泣きそうな顔でぎゅっと唇を噛んだ。

「今回は無事だったけど、逃げられた。でも通話内容録音したし、ドア開けてからは録画もした。診断書もあるし証拠写真も撮った。わたしが証人になるから、被害届出しに行こ」

「ごめん、それはちょっと……その、できれば騒ぎにはしたくないんだ。相手は社内の人だし、ここの住人の人にも迷惑をかけたくない」

「そういう問題じゃない。千紘はどうしていつも」

「だからって泣き寝入りする気はないよ。録音と録画のデータも、診断書も写真もちゃんと使わせてもらう。後でいいからデータ送ってもらっていいかな？」

「………………？」

千紘の言葉に、愛梨が瞬く。真偽を確かめるようにじっと見据えられて、つい苦笑した。

「職場でも何か動きがあった、みたいなんだ。その、愛梨が不在の間にいろいろあって、上に相談して動いてもらってるところだから、提出して見てもらった方が早いと思う」

「一緒に？　ちゃんと？」

「うん。社長も知ってるし動いてくれてる。最終的にはそこまで届くはず」

異動の話が進んでいると、佐山は言った。それはおそらく社長が動いた結果であり、だったらそれなりの調査結果が出ているはずだ。

千紘の返答に、愛梨はようやく納得したらしい。まだ少し不満そうな顔で、それでも素直に頷いてくれた。

「……職場での、ことは？　いつから、厭がらせされてた……？」

問いは一人分だが、視線は二人分だ。無言なままの横からの視線が痛い。

助けてもらった礼こそ伝えたものの、千紘はまともに西宮と目を合わせていない。そして今、あえて視線を向けないのは、彼がどんな目で愛梨を見ているのかを知りたくないためだ。

「言いたくない」と口にしたところで無駄だ。通話を聞かれてしまった以上、今さらでしかない。

「本当のことだから、かな。少なくとも、コネ入社と七光り頼みは否定できないよね」

「千紘って、本当に馬鹿」

即答で言われて、咄嗟に反応に困った。そんな千紘に、愛梨は畳みかけるように続ける。

「コネがあったのも、環境に恵まれてたのも本当かもしれない。けど、千紘は必死で努力してた。それに、その言い方はわたしも含めて千紘の服が好きな人に対してすごく失礼」

「それ、は」

「加世子さんは仕事に甘くない。そのお兄さんが、仕事に甘いわけがない。甘やかす気ならデザイナーになんかしない。それにさっき千紘、結果は出てるって自分で言った」

「でも、加世子さんや社長がおれに甘いのは事実だよ。それに、おれの服に興味を持つ人は大抵母さん絡みで」

「それ絶対、勘違い思い違い入ってる。ちゃんと確認して。絶対。わかった？」

押し込むように言われて、反射的に頷いていた。肩で息をしながら千紘を見据えて、愛梨はおもむろに西宮へと目を向ける。

「あとでわたしの方のデータ送る。まとめて千紘に渡すの、任せる」

「わかった」

「そ。じゃあわたしは帰る」

言うなり、愛梨は唐突に腰を上げた。ぎょっとした千紘を、じっと見下ろしてくる。

「まだ聞きたいことあるけど、今日はお隣さんに譲る。ちゃんと意思疎通して。推奨じゃなくて必須」

「いや愛梨、おれが帰るよ。せっかくその、……休みだから一緒にいたんだよね？」

「何で。わたしはもう用終わったけど、何かある？」

不思議そうに千紘を見た愛梨が、最後の一言で西宮に目を向ける。それへ、西宮はあっさり首を横に振った。

「俺はない。わざわざの忠告に感謝する」

「お礼はいらないから頑張れ。でも取り扱いは厳重注意」

「あのさ、やっぱりおれの方が帰るから。邪魔してごめん、でももう大丈夫……」

ふたりが頷き合う様子に、疎外感を覚えた。息苦しさを押し殺してもう一度声をかけると、今度は揃って千紘を見る。

「邪魔って何が？」

愛梨はきょとんと首を傾げて言い、西宮は無言で怪訝そうにする。それすら揃えたように
しか見えなくて、今度は胸の奥が痛くなった。それでも、いずれ来ることだと覚悟を決める。

──同じことなら、早くはっきりさせた方がいい。

「だって、その……ふたり、つきあうことにしたんだよね？」

「……千紘」

「待て、どうしてそうなった」

ほぼ同時に同じような反応が返って、けれどそれが否定だということにたじろいだ。当惑
して黙った千紘を見つめて、愛梨は露骨な呆れ顔になる。

「あり得ない。全然趣味じゃない」

「まあ同感」

「結構失礼だと思う」

むっとした顔で西宮を睨んで、今度こそ部屋を出て行った。施錠のためか西宮も後を追っ
て、奥の部屋で千紘はひとり残される。

落ちてきた沈黙の中、たった今耳にした内容がうまく処理できなかった。じきに西宮が戻
ってきても、未だにきちんと顔を見られない。

「……痛みは？」

ふいにかかった声で、自分が薄く包帯を巻いた手首を撫でていたことに気がついた。手錠で擦《こす》れた傷に、念のためとクリニックで巻いてくれたものだ。

「大、丈夫……あのさ、さっきどうやってうちに入った……？」

「マスターキーを持ってるんだ。入居前に不動産業者から説明の上、同意を得ている」

「そ、うだっけ？　ごめん、よく覚えてなくて」

「あんたと俺以外、全員年寄りだからな。万一の時の保険とかで頼まれた。緊急事態とはいえ、勝手に入って悪かった」

真っ向から頭を下げられて、慌てて制止した。西宮が顔を上げようとしたタイミングで、今度はこちらが深く頭を下げる。

「こっちこそ、助かった。本当にありがとう。――結局、騒ぎを起こしてごめん」

「あんたのせいじゃないだろ。それより十日も戻らなかったのは、さっき言ってたいろいろあって、社長も動いた件のせい、なのか？　できれば詳しく聞きたい。もちろん、言いたくないなら無理にとは言わないが」

「え、いや。別に、無理ってこと、は」

思案して、結局は観念した。隠しても意味はないだろうし、もっと切実には他に話題が見つからない。何より、つきまといに関しては西宮は無関係とは言えない。

映画館の件からの一連を説明し、すでにそちらは解決済みで、佐山の方は今進んでいるようだと話し終えた頃には、何故か西宮は手のひらで自身の顔を覆っていた。

「ひとつ、確認したいんだが。映画館に呼び出されたのは、もしかしてここで飲んだ夜、か？」

「う、ん。……その、相談とか説明しようにも、前提が前提だったから、さ。まともに話したら、きっと呆れるか軽蔑されるだろうと思っ——」

「悪かった」

もう一度、今度は先ほどよりも深く頭を下げられた。虚を衝かれた千紘に、そのままの姿勢で言う。

「そんな時に、いきなり——その」

「あ、……いやあのこっちこそごめん！　その、あの時は半分寝てて、タイミング悪くっていうか、その人にいろいろ言われた時のことを思い出してて、混乱もしてた、から」

「——夢の影響？　で、混乱してた？」

確認されて頷いた。それでも視線を合わせられずにいると、西宮は静かに言う。

「だったら頼みがある。落ち着いた時でいいから、もう一度やり直す機会が欲しい」

「——……え？」

頭の中が、真っ白になった。

都合のいい幻聴としか思えなくて、千紘は未だ下がったままの西宮の頭を見る。

「今すぐにと言う気はない。ヒロがその気になれた時でいい。いつまでも待つ」

「え、……え？　でも昨日はしばらく距離を置く、って――もう、忘れろって、言っ……」

落ち着こうと思ったのに、どうしても無理だった。先ほど思い知ったばかりの気持ちと痛感した諦めとが一緒によみがえってきて、千紘は奥歯を噛みしめる。

すぐ傍で、西宮が慌てたように顔を上げるのがわかった。

「あれは、その――即答で断られた上にいきなり帰って来ない上に連絡も素っ気ないし、そこに連絡先の変更まで届いたから……そこまで負担というか、不本意だったのかと思ったんだ。その時点で友人に戻ろうと決めてはいたんだが、気持ちの整理のために少し時間がほしかった。けど、今朝に突然さっきの彼女が訪ねてきて」

「……そういえば、どうして愛梨と？」

恋人同士なら当然だと思ったが、違うのなら奇妙だ。そろりと目を上げながら訊いてみると、西宮はさらりと言った。

「ヒロの友達に会いに来た、と言われた。ヒロの様子がおかしい、何かあったのか、と」

「は、……え？　何、それ」

様子がおかしい、というのは加世子宅にいた時に電話で話した時のことだろうか。だとしても、どうしていきなり西宮なのか。

「絶対何かあったはずなのに、あの様子だと自分には絶対話してくれない。その点、俺なら隣に住んでるし、何よりヒロが凄い勢いで俺は何も知らないと言っていた。だったら逆に事情を知ってるんじゃないのか、と訊かれた

何も知らないし聞いていないと答えたら、「踏み込みが足りない」と叱られたのだそうだ。

「まあ、彼女の本題はそれとは別で、こっちの人物確認と検証だったらしいが」

「え、う、あの、ごめ……」

「万一次があった時は、必ず相談してくれ。そうでないと俺にはわからないんだ。確かに仕事絡みともなれば、俺に話したところで何の助けにもならないかもしれないが」

懇願めいた口調に、思わず顔を上げていた。このアパートに入って以来初めてまともに目が合って、貫くように強い視線に気圧される。

一拍躊躇《ちゅうちょ》して、それでも小さく頷いた。とたんに緩んだ彼の表情を目にして、それが馴染みの「友人」だった時のものに戻っていることを知る。

「あと、は……あんたをどう思ってるのかと、訊かれた」

「は、?」

「こっちも荒れてる時だったんでやけくそになって、告白したら即答で振られたと白状した。それで諦めるのかと訊かれて、無理にもどうにかするしかないと答えたら、無理なら諦めるなと激励されたんだ。……その、絶対に脈はあるからとにかく押せ、と。ヒロはもともと押しに弱いし、俺はちゃんとヒロの懐に入ってるから、と」

「……何、それ。人が、必死で諦めようとしてたのに」

ぽろりとこぼれた自分の声が、ひどく間が抜けて聞こえた。「え」と瞠目した西宮を見たまま、千紘はぽつぽつと続ける。

「今日、駅前で。愛梨と会ってる士郎を見て……つきあうことにしたんだと、思った。すごいショックで、それでやっと、気がついて。でも昨日忘れろって、距離置くって言われたからもう遅いんだって……だったら諦めなきゃって、祝福しようって、でも隣にいるのはキツいから引っ越すしかないかって——だっておれが気づくのが遅すぎたせいで、だから」

「ヒロ、……?」

伸びてきた指が、千紘の手の数センチ前で躊躇うように止まる。それへ、千紘は自分から触れてみた。最初は怖々と指先だけで、拒否されないのを確かめてからそっと握ってみる。

「おれ、も。士郎のこと、好き、みたい」

手の中で、西宮の指がぴくりと動いたのがわかった。

「おれ、今までそういう意味で人を好きになったことが、なくて。恋愛なんか一時的なものだし、いつか終わって二度と会えなくなる、から、それは厭だって……それよりずっと近くにいられる友達の方がいいって、そう」

「ヒロ」と呼ぶ声の、強い響きにどきりとした。

千紘が握っていたはずの指は、いつのまにか逆に千紘の手を握り込んでいる。じっと見つめてくる西宮の目はたじろぐほど真剣で、なのにそれを嬉しいと感じた。

「その好き、は友人としてじゃなく？」

「……誰にも奪られたくない、の好きだって気がついた。友達じゃ厭で、だからもっと近くにいたいって、さっき」

自分の声を聞きながら、勝手に顔が熱くなった。気持ちをただ言葉にするだけなのに、もつれたようにうまく言えなくなっていく。

「もう少し、触ってもいい……？」

「う、ん」

とても慎重に、静かに訊かれて頷いた。

壊れ物を扱うようにそっと抱き込まれる。友人だった頃とは違う抱擁《ほうよう》に、悲しくもないのに泣きたくなった。指先で西宮の袖を摑んで、千紘はおそるおそる彼の肩に額をつける。

ヒロ、と。耳元で囁く声とともに、馴染んだ手のひらで後ろ髪をそっと撫でられる。

馴染んだ匂いと体温に、本当に西宮だと実感する。ぎゅっと嚙んでいた奥歯を緩めて、千紘はぽつんと言う。

「本当はもっと前から好きだったんだと、思う。ちゃんとわかってなかっただけ、で」

「そんなこと言ってるとつけ込むぞ？」

「いい、よ。士郎だったら絶対、ろくでもないことはやらないと思うし」

するりと答えたら、少し呆れた声で「こら」と言われた。頬に移った指に顎の向きを変えられ、瞬いた時には至近距離で西宮と目が合う。

「したらどうする」

「しないって。士郎はそんなヤツじゃな――」

語尾を浚《さら》うように、唇を齧《かじ》られた。一瞬で離れたキスに目を丸くして、まだそこに残る感触を実感する。かあっと熱くなった顔を持て余していると、からかうように「ほら見ろ」と言われた。

「今、のは全然、ろくでもないことじゃない、し」

「千紘、」

困り顔になった西宮の、襟を握る指に力を込めて伸びをする。少し薄く見える唇に、自分の唇を押しつけてみた。予想外だったのか西宮がびくりと動いて、そのせいで互いの歯をぶつけてしまう。がち、という音とともに唇に痛みが走った。

「った、――ごめ、その、初心者、なんで」

「ぶつけたな？　見せてみろ」

唇を押さえていた指を、するりと握って外される。少し屈むように覗き込まれ、近すぎる距離に今さらに緊張した。目元に集まった熱を意識していると、まだじんじんと痛む唇をそっと啄《ついば》まれる。

瞬いて、千紘は指を伸ばす。怪我はないのかと彼の唇を撫でてみたら、いきなり舌で嘗《な》められた。思わず引っ込めた手首を取られ、別の手に顎を取られて、また唇を重ねられる。

「しろ、……」

キスの合間に名前を呼ぶ。今度こそ腕を伸ばして、恋人となった男の背中にしがみついた。

——西宮はたぶん、キスが上手だ。

前に泊まった時にも見たはずの天井を見上げて、千紘はふとそう思った。

無意識にあおのいた喉が、細く呼吸を繰り返している。時折そこに音のような声が混じって、そのたび肌のどこかが小さく跳ねる。そのどちらもが知らない感覚で、これからどうなるのかよくわからなくて、なのに全然逃げようと思わない自分が不思議だった。

「……千紘」

「う、……ん、ン——」

上に着ていたセーターは、早い段階で首から抜かれた。下に着ていたシャツのボタンは全部が外れてしまい、辛うじて右腕に引っかかっているだけだ。

今の今まで胸元の肌で遊んでいたキスが、不意打ちのように唇に落ちてくる。鼻先が触れる距離で啄んでは離れ、やがて深く重なってきた。

するりと入り込んできた体温に、口の中をかき回される。そのたび響く湿った音や、ぬめるような感触がひどく生々しく思えて、焦げるような羞恥に襲われた。それでもやめようとは思えなくて、目の前の肩にしがみついている。

「……平気か？」

「う、ん」

唇が離れても互いの額が触れるような。そんな距離で囁く西宮も、きっと同じように戸惑っている。千紘のセーターに手を入れる時もシャツの前を開く時も、顎から喉に落ちたキスを鎖骨に移す時も――もつれ合うように入った奥の部屋から布団を出す時ですら、必ず今のように確認を取った。本当にいいのか、無理してはいないか。気持ちが定まらないなら、まだ先でもいい。そんな意向を、短いけれど明確に伝えてくれた。実際、千紘の首からセーターを抜く時にはかなり躊躇していたように思う。

戸惑いがなかったと言えば、嘘になる。何しろ、西宮は千紘にとって初めての「恋人」だ。けれどそれ以上に、今は離れたくなかった。ちゃんと恋人になれたのか、自分は本当にこの人の一番になったのか。それを、どうしても確かめたかった。

もう二度と、後悔したくなかったのだ。初心者だけれど、男同士だけど、もちろんやり方など知らないけれど、「今」がタイミングなら逃したくない。

「……っン、」

唇の端を齧ったキスが、頬から耳朶《じだ》へと流れていく。右を指で、左を唇でなぶられて、殺しきれない声がこぼれた。肩や首が小さく跳ねて、それ以上のざわめきを肌へと流し込んでいく。慣れない感覚に溺れている間に、降りていった唇に胸元のそこだけ色を変えた箇所を啄まれて、思わず息を呑んでいた。

繰り返しなぶられて過敏になったそこが、触れられるだけでむず痒《がゆ》いような感覚を生む。ほんのわずかに刺激されただけで妙な声が出てしまいそうで、必死でそれを嚙み殺した。

「ちょ、反則、なんだけど……あんた、何でそんな可愛いんだよ」

「は？　え、ぁ……ん、ぅ」

胸元をきつく吸ったキスが、鎖骨へと上がっていく。肌を伝うようにして喉の尖りへ、さらに顎の裏側へと這《は》い上ってくる。長い指に胸をまさぐられて、どうしようもなく身体が捩《よじ》れていく。そのラインを辿るように、手のひらが腹へ、さらに下へと落ちていった。

むず痒いような感覚を意識だけで追いかけながら、まるで酔ったみたいだと思う。その証拠に、衣類越しに探られた下肢は知らない間に熱を含んで形を変え始めていた。

西宮の手が掠めた感触でそれと知って、我に返ったような羞恥に襲われる。逃げようとした腰を縫い止められ、衣類の上からその箇所を探られて、千紘は呼吸をひきつらせる。

「ご、め……その、ええと、何、どう、すれば……？」

逃げたくて、でも逃げたくない。見られたくなくて、でも触れてほしい。矛盾だらけの思考に身動きが取れなくなって、千紘は必死で西宮を見上げる。

西宮は、いつもと同じようで全然違う顔をしていた。何かを堪えるように眉を顰め、千紘の頬をそっと撫でる。

「あー……たぶん大丈夫。心配ない」

「な、い？」

「ない。まあ、失敗してもこの場合お互い様？」

「う、ん……わ、かった」

苦笑いを目にして、急に力が抜けた。へらりと頬まで緩んだところに、またしても唇を奪われる。

「しろ、――」

彼の首に腕を絡めている間に、腰のベルトが外される。予感と羞恥にぎゅっと目を閉じたタイミングで、布をかいくぐった手に形を変えていたそこをくるまれた。

自分でする時とは比較にならないほど鋭敏な感覚に、どうしようもなく腰が跳ねる。下肢から背すじに走る強すぎる悦楽に、瞬間的な恐怖に襲われた。けれどそうさせているのは西宮の手だと鼻先を齧るキスで思い出してしまえば、すぐに躊躇いはなくなった。

身体の中で最も過敏な箇所を、ゆるりとあやされる。撫でるように動く指先に、身体だけでなく気持ちまで振り回されている気がした。気がつけば喉からは明らかな声がこぼれていて、なのにそれを恥ずかしいと思う余裕もない。

「……、っぁ、ん、きょ、や……っきょ、うっ――」

吐く息が、どんどん切迫していく。受け止めきれない悦楽が、肌のそこかしこからこぼれていく気がした。滲み潤んだ視界の中、思考すら擦り切れて、それでも必死で西宮の顔だけを見つめる。――今、ここにいるのが誰なのかをちゃんと確かめていたかった。

思うことはたくさんあるのに、何一つまとまらない。今の千紘にとって何よりも確かなのは、触れた肌の体温と絶えず聞こえてくる低い声だけだ。思考までもが舞い上がったようにくらくらする中、気がつけば千紘は限界の先まで追いやられていた。

「っぁ――」

「……ヒロ」

切迫していた呼吸が、少しずつ緩やかになる。吐息のような声とともに頬を撫でられ、間近で見つめられて、遅れてきた羞恥に顔が熱くなった。

「気持ちよかった?」

「う、……それ、訊くの反則……」

ひどく優しい顔で言われて、その場で蒸発したくなった。

思わず背けた顎を撫でられ、やんわりと引き戻される。感覚だけで赤くなっているとわかる頰を啄まれ、続きのように呼吸を奪われた。歯列を割って深くなったキスにどうにか応えながら、千紘はふと気づく。そういえば、西宮は——まだ、のはずだ。

キスを続ける彼の指が自分の髪に絡むのを感じながら、考えるより先に手が動いていた。手探りで辿った西宮のその場所が、明らかな熱を含んでいる。その事実と、それを嬉しいと思っている自分に驚いた。

「……っ、ヒロ？　ちょっ……」

「ごめん、絶対下手だと思う、けど。おれも、する。——いい？」

吐息が触れる距離にいる彼に、訊く声が小さく擦れる。わずかに顰めた眉や手の中で反応するそれを意識するだけで、顔だけでなく全身が熱くなった。

「……っい、いや待て、ちょ、ヒロっ」

狼狽《うろた》えた声とともに、触れていた手を引き剝がされる。無理やりに近い強引さに、千紘は思わず瞬いた。

「え、あの、……なん、で？」

「いや何で、じゃなく！　俺はいいんだ、その……あんたにされたらたぶん、間違いなく暴走してそのままじゃすまなくなる、から」

「ぼう、そう……？」

「だから、その——手、だけじゃすまなくなる、って話、で。お互い慣れてないし、……今日の今日で最後までとは思ってない」

「どう、して。最後まで、駄目……？」

言葉を選んで言っているのはわかるけれど、かえって意味がわからない。それで首を傾げたら、西宮は困った顔で息を吐く。

「ヒロはやり方とか知らない、だろ？　その……かなりとんでもないことになる、から」

「と、んでもなくていい、から。おれ頑張る、から——ちゃんと、しよ？」

考える前に、返事が出ていた。せっかく恋人同士になったのに、自分だけ。そんな中途半端は絶対に許せないと、はっきり思った。

西宮が、眉根を寄せる。滅多に見ない顔に咎められた気がして、けれど今回ばかりは退く気になれずに頷いた。

「……本気、か？」

互いの額を合わせる形で、西宮が言う。いつもとは少し違う声で続けた。

「この先に進むと、ヒロにとってかなりとんでもないことになる。……泣かれても厭がられても、俺も止まれなくなる。それでも？」

「い、い。がんばって、みる、から……？」

顔の横にある恋人の手首を摑んで訴えたら、困ったような苦しいような顔で黙られた。

数拍の沈黙の後で、西宮が短く息を吐く。

「——どうしても無理だと思ったら、我慢せず言って。あと、ヒロはそのまんまでいい」

「う、ん……?」

複雑すぎて、何を思っているか読めない。そんな顔のまま、齧るようなキスをされた。その後で、千紘は西宮が言う「とんでもないこと」を身を持って思い知る羽目になる。

まだ残っていた衣類をすべて剝がされて、腰の奥のありえない場所を探られる。意味がわからず混乱したのを優しいキスで宥められ、敏感な箇所を辿られた。信じられない箇所をまさぐられ、あまりのことに半泣きになったら、「厭ならやめようか」と言われてしまう。

「そ、れも、やだっ……」

強情に言い張ったら、さらにとんでもないことになった。

「や、……っン、しろ、——も、そこ、駄目……っ」

下肢の間の深い場所を、長い指とキスであやされる。慣れない圧迫感と鈍い痛みに身を竦ませるたび、宥めるように過敏な箇所をまさぐられた。

舌先で遊ばれ先端を嘗められて、怖気が立つような悦楽が滲む。耳につくねばった音が肌の底の熱を呼び、圧迫感や痛みを押し流す。

触れられた場所から、何かが染み出てくるような気がした。緩やかに肌の上で広がり増殖し、うねるような流れになる。飲み込まれて、きっともう抜け出せない——。

「千紘」と呼ぶ声に滲んだ睑を押し上げる。とたん落ちてきたキスに、腕を伸ばして縋《すが》りついた。唇から口角に、頰に鼻先に眦《まなじり》にと啄まれて、囁く声に「まだ平気?」と訊かれた。

「無理、させるかも、しれない――」

そう言う西宮の表情がひどく切なそうで、そう思った瞬間に身体の奥がぞくりとする。込みあげてきた気持ちを我慢できずに、自分からもキスをした。

「ど、うせ、なら、いっしょに、むり、しよ……？」

「……あんた、そういうとこ男前だよな」

笑った形の唇で、今度は優しいキスをされた。

力を抜くよう短く言われて、千紘は小さく頷く。すぐさま落ちてきた深いキスの、心地よさに溺れてしまったのは、たぶん西宮の策略のうちだ。実際、そのせいで気づくのが遅れた。優しい手のひらが、腰へと落ちる。形を確かめるように動いたかと思うと、腰の奥の先ほどまでさんざんになぶられていた箇所に、知らない感覚が割り込んできた。

これまでとは比較にならないほどの圧迫感に、瞬間的に肌が縮む。上になった身体が動きを止め、優しい指が唇のラインを撫でてきた。それで初めて自分が呼吸を止めていたのを知って、千紘はどうにか息を吐く。

「……ヒロ」

耳元で、低い声に名を呼ばれる。額を撫でた手のひらが、こめかみから頬に落ちていく。小刻みに息をつく唇に、啄むようなキスをされた。深く入った圧迫感に慣れるのを待つように、唇から頬へ、瞼へと移っていく。

「……無理、か。やめようか……？」

「や、だ、……へ、いき、だい、じょうぶ、だか――しろ、」

気遣う声で意味に気づいて、深い呼吸をする。力を抜くよう意識しながら、急に切ないような気持ちになった。力の入らない指をどうにか持ち上げて、千紘は恋人の頬に触れる。言葉にできずその唇を指でなぞっていると、気づいたように顔が寄ってきた。

「しろ、――」

優しいキスを続けながら、どちらが先に動いたのか。痛みと苦しさがある代わり、全身で包まれる感覚にひどく安堵した。今さらに、人の体温は優しいんだとそう思う。恥ずかしくて生々しくて、居たたまれなくて。時に消えてなくなりたいとすら思うのに、次の瞬間には安心する。

耳元で名を呼ぶ声がする。重なったまま揺らされる感覚は、当初の柔らかさをすぐに失《な》くした。

深い場所を動かれるたび、喉の奥から声がこぼれる。最初は違和感でしかなかったものが、次第に別の色を帯びていく。必死で背中を摑んでいたはずの指が、いつかほどけてシーツを摑んだ。

過ぎる感覚に呼吸を止めた唇を、嚙みつくように塞《ふさ》がれる。深く探られる感覚に、いつの間にか必死で応えていた。

触れられた場所から、全部がどろどろに溶けていく。最初は意識していた西宮の体温が千紘のものと混じり合って、境界線を失っていく——。

意識を手放す前に千紘が聞いたのは、食らいつくような顔で自分を見つめる西宮の、それだけは変わらない低い声だった。

■　■

「その、ごめん？　せっかくの休みなのに」

昼過ぎに最寄り駅から乗り込んだ電車の中で、千紘は目の前に立つ西宮を見上げた。

「気にしなくていい。あー……俺も心配、だからな」

前半をするっと口にした彼が、後半では少々口ごもる。座席から見上げていてさえ彼の耳が赤くなったのがわかって、千紘の方も気恥ずかしくなった。慌てて視線を逸らし、窓の外を流れていく景色に目を向ける。

「大丈夫か。その、きつくない？」

「……っ、——あ、うん、平気。大丈夫っ」

不意打ちで耳を打った低い声に、びくりと勝手に肩が揺れる。慌てて顔を戻すと、吊革を持ったままの西宮が屈み込むようにして千紘を見ていた。近すぎる距離に首や顔が熱くなるのを知って、千紘は慌てて言葉を探す。

「その、ちゃんと昨夜は休んだ、し。今日も寝坊したしのんびりもした、から」

「そうか。でも無理はするなよ」

じっと千紘を見ていた西宮が、ふと目元を和らげる。昨日から何度も目にしたその変化に、千紘は少し途方に暮れた。

知人から友人になっただけでも向けられる表情は変化したけれど、恋人同士になった昨日からはさらに顕著だ。自惚《うぬぼ》れを承知で言ってしまえば、対処に困るほど甘い。何しろ、昨日のあの後から今日出かける準備をするまで、千紘はほとんど何もさせてもらえなかった。

――夜になって目を覚ました時には、寝ていた布団はもちろん千紘自身もすっきりしていたのだ。おまけに西宮のものだという寝間着まで着せられていた。

気がついて、あまりの羞恥にその場で悶絶《もんぜつ》した。そんな千紘をよそに西宮は上機嫌で夕飯の支度をし、千紘を抱き枕にして眠った。翌朝は千紘がまだ眠っている間に、昼食を兼ねたブランチをテイクアウトしてきた。

(俺がしたいだけなんだが、それだとヒロは困る?)

そこまでしなくてもいいと訴えたら、直球でそう返された。困らないけれど過保護すぎだと言い返したら、不思議そうな顔でトドメを刺された。

(過保護も何も。ヒロが動けなくなった原因作ったのは俺だろ)

先ほどと同じ目元を緩めた笑みを向けられ、ついでのように頬やこめかみや眦にまでキスされて、完全な返り討ち状態になってしまったわけだ。

（そういえば、例のデータはいつ持って行く？　早い方がいいんじゃないのか）

だから、ブランチ直後に彼から切り出された時点で「ついて来てくれるのかな」と思った。促されるまま加世子に連絡を入れ、即答で了承を貰って、こうして彼女のマンションに向かっている。

ちなみに西宮については、「証人になる友人も一緒に行く」と説明した。もっとも彼からすれば、「佐山が野放しになっている時に千紘をひとりで外出などありえない」らしいが。

「はい、いらっしゃい。なーんか落ち着かないわねえ」

辿り着いたマンションで出迎えてくれた加世子に、「友人」として西宮を紹介する。眉を上げた彼女から意味ありげな視線を向けられたけれど、あえて素知らぬフリを通した。後々追及されそうな予感に狼狽えたものの、それは通されたリビングで思いがけない相手に遭遇するなり霧散した。

「……どうも、お疲れさまです」

動揺を押し隠し、礼儀としての会釈をした千紘を一瞥《いちべつ》した相手——直属の上司になるチーフは、けれどふいと顔を背けた。

毎度のこととはいえ気が重くなった千紘の前で、無表情だったチーフの頭上に拳骨が落ちる。もちろん手を下したのは加世子だ。

「大人げない。挨拶くらいしなさいよ、年下相手にみっともないったら」

渋面で加世子を見たチーフが、ぎくしゃくとこちらを向く。「あー」だの「うー」だのと言い淀んだ果てに「……お疲れ」と言われて、西宮の袖を摑んでしまうくらいには驚いた。

「で、千紘の方は何があったの。まさか水嶋からまた何か？」

「いえ。今回は佐山くん、が」

「……佐山？」

とたんに渋面になったチーフを目にして、どう話したものかと言葉に詰まった。

「例の子ね。……え、その子が何やらかしたの。千紘んとこ、一昨日から三連休でしょ？」

「は、い。その、……佐山くんが昨日、いきなりうちに来た、と言いますか……」

「俺は一応リアルタイムで音声を聞いて、途中からは現場を見てもいます。彼からは言いづらい内容なので、代理で説明させていただいても構わないでしょうか」

言葉を探して言い淀んだ千紘を庇うように、西宮が言う。チーフは露骨に胡乱げだが、加世子の方は満面の笑みで「そうねえ。じゃあよろしく」と口にした。

「先に、記録データを見聞きしてもらった方が話は早いと思います。今ここで再生してもいいでしょうか」

「そりゃ構わないけど……え、またそんなのがあるの？　千紘、用意がよすぎ」

「記録したのは愛梨さんと俺です。それも偶然だったんですが」

目を見開いた加世子に端的に言って、西宮は自身のスマートフォンを操作する。

通話の録音再生が始まって早々に、加世子は顰めっ面になった。チーフの方は、呆気に取られたようにぽかんとしている。もっともそれも当初だけで、じきに加世子と同じく目元を尖らせていった。

動画の再生を終えた西宮が、診断書と写真データを提示し状況を説明していく。それが終わる頃には加世子はすっかり表情を消し、チーフは露骨な渋面になっていた。

「ねえ、千紘。一応確認するけど、怪我は？」

「診断書の通り、打撲と擦り傷と首の鬱血痕だけです。その、すぐに愛梨としろ……西宮に助けてもらったので」

「そっか。……無事でよかったわー。ああもう、そんなことになるんだったら、もうしばらくうちに泊めとくんだった」

はあ、と重い息を吐いて、加世子は自身の額を押さえる。

「音声と映像と診断書、ね。それだけあれば訴えることもできるわけだ。今わかったわ、前回の千紘がちゃんと録音してたのって、ストーカーに備えて準備してたからだったのね」

「はい。その、すみません……」

妙にしみじみ言われて、つい肩を縮めていた。そんな千紘を撫でるような目で眺めて、加世子はふいと視線を転じる。

「ってことだけど？　孝典、あんたのとこはどう対処するの」

「よくて自主退職勧告か、状況によっては解雇だろうな。それ以前に昨日、本人から辞めると連絡が来たが」

「え？　でも昨日、自分はチーフに気に入られてるって」

思わず口を挟んだ千紘をちらりと眺めて、チーフは事務的に言う。

「気に入っていた覚えはないし、特別扱いしたこともない。佐山関連の苦情がちょくちょく出ていたから、一応の注意を向けていただけだ。——小日向には近づくなと、たびたびきつく言っておいたんだが」

「はあ……すみません、その」

「何を謝る？　迷惑を被ったのは小日向だろう。かなり理不尽な当たり方をしていたとは聞いている」

「——は、い？」

予想外のことに、返事も忘れて瞬いた。

千紘につきまとう佐山を、チーフがたびたび呼び戻していたのは事実だ。評判が悪い千紘に佐山を近づけたくないんだろうとばかり思っていたが、もしかして逆、だったのだろうか。

「コンペ以降さらに度を越したと報告を受けていたが、十日前からの内部調査でもっと露骨な話が出た。結果、部署全体への悪影響も鑑みて佐山の異動が決まった。本人には週末の終業後に通達し、週明けにでも正式決定する予定だったんだが」

その決定に逆上したあげく、千紘のアパートまでやってきた、わけだ。

「念のため、データを預かりたいんだが。構わないか」

「あ、はい。じゃあ」

「ではこちらを。データを移してあります。診断書のコピーもこちらに」

千紘の返事に被せるように言って、西宮が茶封筒を差し出す。一瞬、物言いたげな顔をしたチーフは、けれど短く礼を言って受け取った。

ひとまず一段落したようだと、思ったとたんに全身から力が抜けた。はずみで隣にいた西宮に凭れかかってしまい、千紘は慌てて座り直す。「ごめん」との呟きに「寄りかかって構わない」と返されて、さらに安堵した。

「で？　孝典、まさかそれで終わりとか言わないわよねえ？」

「――悪かった」

含みのある加世子の声音に瞬いた直後、チーフに頭を下げられた。想定外の事態にうまく反応できず、千紘はソファの上で固まってしまう。

「え、あの、チーフ……？　って、ちょ、加世子さんっ」

「気にしなくていいわよー。とっても今さらだけど、意固地でごめんなさいってしてるだけだから」

「は、い？　あの意味がわからないんですけど」

「愛梨に聞いたけど。千紘、自分のことコネの七光りの実力なしだと思ってたんだって？」

満面の笑みで言われて、咄嗟に返事に詰まった。否定するタイミングを完全に逃して、千紘は曖昧に口を噤む。

「それって、コレの態度も大いに関係あるわよねえ？　今のデータを見聞きしただけでもグレーどころか真っ黒じゃない。新人研修の時にも余計なこと言ったみたいだし」

「あの、でもおれの入社がコネの産物なのは事実ですよ。採用試験以前に書類審査への申し込みすらしてなかったのに、いきなり母から採用通知を渡された上にデザイナーとしての配属が決まってるとか」

「あらー……まあねえ、ある意味では確かにコネなんだろうけど……って千紘、もしかして玖美さんから説明聞かなかった？」

「そんなものありませんよ。辞退するって言ったら反抗期かって笑われただけで」

今さらに思い出してむっとしていると、加世子は何とも言い難い顔でため息をついた。微妙に顔を顰めたチーフをちらりと眺めて言う。

「じゃあ代理で説明するけど、千紘、高校の時にはオーダー受けてたでしょ。デザインから縫製まで自分でやるっていうの」

当時の千紘の「顧客」のほとんどが母親の友人知人だったが、加世子が言うにそのオーダーはほぼすべてが「千紘の」服目当てだったのだそうだ。それを知った玖美は、千紘が専門学校に進む頃には「卒業と同時に独立」を目論《もくろ》んでいたらしい。

「あの、でもおれ当時は無名の学生ですよ？　コンテストにも出なかったし、学内の発表会でも一度も選ばれたことがなくて」

「オーダーが詰まってて、時間の余裕がなかったからよね？　そこで兄さんが、いきなり独立は早すぎるからまずは自分のところで経験を積めばいい、先のことは本人が決めるのが一番だって言い出したの。そうしたら玖美さんが、デザインから型紙から縫製から全部千紘作だから判断基準にって、自分のと深里のオーダー品を会社に提出したみたい」

社長を含め試験官や部署責任者がそれを検分した結果、入社が決まったのだそうだ。

「いやちょっと待ってください。本人不在で、それってありなんですか」

「あー……そこは、ねえ。あの頃の千紘に話しても拒否されて終わりだって周囲もわかってたっていうか。そこんところがコネと言えばコネよね」

言いづらそうに、困ったように言われて何とも言えない気分になった。——どうやらというかやはりというか、隠していたつもりで母親にも、社長にもバレバレだったということか。

「デザイナー配置に関しては、結果が設定した基準に満たない場合は即配置換えって条件つきよ。そうでもないのに、子どもの我が儘レベルで千紘を毛嫌いしてたコレが自分とこで引き受けるなんて言い出すわけないじゃない」

「加世子姉……」

再三にわたって指先だけで「コレ」呼ばわりされたチーフが、曰く言い難い顔で呻く。

「コネや身贔屓があったにせよ、結果が出なきゃとっとと配置換えするしデザイナーからも外すわよ。でなきゃ本人が針の筵《むしろ》じゃない。その場合、千紘は社長秘書だったかもねー。兄さん、すごい喜びそう」

「よ、ろこぶ、って」

「千紘をうちに誘うのも、千紘のデザインが欲しいからよ。そうでなければ愚痴だけ聞いて、可愛い可愛いして終わりに決まってるでしょ」

赤裸々すぎる物言いに困惑する千紘を眺めて、加世子はもう一度視線を転じた。

「孝典もねえ、そもそもあんたが千紘の入社経緯も理由も聞かず、変に意固地になってたのが間違いの元だってわかってる？」

名指しで訊かれて、チーフがたじろいだのがわかった。

「それは、……けど入社試験も受けずにいきなりデザイナー配置はあり得ない……」

「だとしても、千紘は初回から結果を出したわよね。その後も実績積んできてるわよね？」

「それはもちろん……ただ、その、近寄り難いというか、ああも露骨に避けられると」

「自分で原因作っといて責任転嫁すんじゃない。そもそも最初に余計なこと言われた上にずっと無視されてれば、千紘でなくても『嫌われてる』と思うわよ。あげく公認になって新人が暴走して、千紘が迷惑被ってんだけど？」

そもそもねえ、と勢いに乗って加世子は言う。

「玖美さんとの再婚だって、兄さんの方が望んで拝み倒して成ったのよ？　別れる別れないなんて当人同士の問題でしょ。小中学生ならともかく、とっくに成人就職した息子が口を挟むようなことじゃないわよねえ？　おまけに当時未成年だった義理の弟に八つ当たりするとか、情けないにもほどがあるわ」

ふん、と鼻息荒く言い捨てる加世子とは対照的に、チーフはとても肩身が狭そうだ。職場にいる時とは別人のような態度に、千紘はついまじまじと眺めてしまう。

「そういうわけだから、千紘はとっとと【ＵＲＹＵ】辞めてうちにいらっしゃい。面倒は全部、私がどうにかするから。さもなきゃ部署異動ね」

「え、えと、でも」

楽しげな加世子の様子に返事に迷っていると、こちらを見ていたチーフと目が合った。

「小日向は、異動希望、か」

「いや、まだそこまでは――」

考えがあったとしても、今この場ではきっと言えない。何しろ、チーフが妙に悟ったような、諦めきった顔をしている。

けして好きな相手ではなく、むしろ苦手だ。けれど厭味は新人研修の時だけで、以降は避けられていたに過ぎない。そして今、頭を下げて謝罪してくれた――。

困惑しきった千紘をよそに、加世子はにやにやと楽しそうだ。それを睨んだ後で、彼女の視線が千紘ではなくその隣に向いているのに気がついた。

ぱっと目を向けた千紘に、西宮が慌てたように横を向く。寸前に見えたのは目の前の加世子とよく似た、今にも笑い出しそうな。

「……士郎？」

「あー……いや、ごめん。悪かった。その」

「つい、って」

人の悩みを、何だと思っているのか。恨みがましく見つめていたら、苦笑交じりに頬を撫でられた。それだけで許せてしまうあたり、間違いなく自分はちょろい。

小さくため息をついた時、真向かいで加世子が笑うのが聞こえた。

「そこはゆっくり考えるといいわ。兄さんも、展示会までに決めればいいって」

「……わかりました。検討、します」

微妙な空気の中で、千紘は小さく息を吐く。そのくせ、気持ちは清々《すがすが》しいほど軽かった。

■　■

■　■

「小日向さん、本当に帰っちゃうんですかー？」

宴会会場だった居酒屋の出口で靴を履いていた時、背後から聞き覚えのある声がした。

「待ってくださいよー。あの、今日は是非二次会に参加……」

「ええとあの、もしよかったら、ですけど。二次会じゃなくて、わたしたちとお茶でもいかがですかっ？」

千紘が振り返ったとたんに口々に言うのは、例の後輩の女の子たちだ。千紘が会場を出る前まで、それぞればらばらに動いていたはずなのに、どういうわけか全員揃ってじっとこちらを見上げている。

「えー、何それお茶って。いいと思うけど、でもさっき室田《むろた》センパイが頑張って小日向さんを二次会に誘えって」

「その二次会には出ないって小日向さんが言ったんでしょ」

「それはそうだけど、でも急すぎ」

「その、小日向さんてあんまりお酒、飲まれないですよね？　お茶だったらいいのかなって……勝手だとは思うんですけどこういう機会って滅多にないし、ちゃんと謝りたくて」

必死な様子で言う彼女は、例の佐山の騒動の前に職場の廊下で露骨に千紘を避けた子だ。

あの騒動の翌週以降、佐山は一度も出勤しなかった。メールで退職を仄めかしただけで無断欠勤を続け、総務からの連絡や呼び出しを無視した彼は、唯一チーフからの電話にのみ応じたらしい。もっともその電話も一方的に切られてしまい、後日に代行業者を通じて退職を申し入れてきたという。

彼の退職についての説明は、スタッフ全員を集めた上でチーフが行った。千紘自身は無用とされたため参加していないが、その場で千紘がデザイン盗用したという噂は佐山の捏造《ねつぞう》と断言され、率先してそれを助長していたスタッフには処分があると通達されたらしい。中には佐山とグルになっていた総務スタッフが含まれていたと、これは山中《やまなか》から聞かされた。

（小日向さんの個人情報を流した上に厭がらせをしてたって聞いたけど、大丈夫だったの？）

純粋に気にかけてもらっているのだと知って、素直に礼を言った。以降、彼女を含めたチームスタッフがその件に触れることはなく、通常通り――というよりそれ以上によく動いて配慮してくれた。

他のチームスタッフの中には、好奇心丸出しで根掘り葉掘り情報を引き出そうとする者や、少し離れて何やら囁き合ったあげく些細なことで足を引っ張ろうとする輩がいたりするのだ。

事前に察していたらしい山中の采配とチームスタッフの協力により、千紘は個室からほぼ出ることなく仕事に集中することができた。それがなければ、一昨日までの春の展示会はこうも穏やかに終わらなかったに違いない。

今日の飲み会は、展示会の打ち上げを兼ねた「花見の会」だ。居酒屋の中でどうして「花見」なのかは長年千紘の中で消えない疑問だが、それはそれとして。

「その件だったらもういいよ。十分すぎるくらい謝ってもらったからね」

「で、もー」

今、目の前で「罪悪感」と大きく描いたような顔をしている彼女は、チーフの説明があった翌日に山中に連れられて千紘の個室に顔を出した。

半泣きで謝罪し何度も深く頭を下げた彼女を、千紘はその場で許した。

何を言われてもろくに咎めなかった千紘が、佐山を増長させたのは事実だからだ。どうせ無駄だと放置した結果さらに嘗められて、聞き流したことを肯定と受け取られた。

……彼女が配置されていたチームの責任者でもあったデザイナーは、以前から千紘への当たりがキツかったうちのひとりだ。佐山とも親しかった彼女も処分対象だったと、これはチーフから内々に知らされている。チーム全体が佐山の弁を肯定していたものを、新米の彼女たちに抗えるわけがない。

「ずっと言っててもキリがないよね？　もうこの話は終わりにしよう」

「あ、の。小日向さん、じゃあやっぱりもう、帰っちゃいます……？」

ようやく頷いた女の子の肩を撫でて、別のひとりが言う。それへ、千紘は苦笑した。

「こっちから迎えを頼んだのに、やっぱり帰りませんとは言えないよね」

「わ、かりましたー……えと、じゃあせめてお見送り！　してもいい、です？」

「……店のすぐ前まで来てくれるんだけど」

「じゃ、じゃあ、車のお見送りしますっ。あの、邪魔しません、から――」

別のもうひとりが力説したあげく、三人揃って頷かれた。何でそうなると困惑していると、いきなり目の前で店の引き戸が開く。

「失礼。……と、」

「あ」

顔を覗かせたのは西宮だ。まともに鉢合わせた形になって、千紘は少し慌てる。

「ごめん！　もしかしてずいぶん待たせた？」

「いや？　店の前は車が停められなかったんで、そこのパーキングに……あー……何か？」

言いかけた声と半端に切った西宮が、居心地悪そうに女の子たちを見る。その視線の先では目と口を丸くした女の子たちが、揃って彼を見上げていた。

正直、少し気分が悪くなった。そこで、また別の声が割って入る。

「千紘、……？」

「あ」

「あっ」

「え」

先に反応したのは、やっぱり女の子たちだ。ぐるりと首を回したかと思うと、やってきた相手——チーフを不可解そうに見上げている。つられて千紘と、傍にいた西宮も目を向けると、たじろいだふうに半歩下がった。

「お疲れさまです。あの、おれ何か忘れてましたか」

「いや、そうじゃなく。ちひ——小日向が、帰ったと聞いて。二次会には出ないんだよな?」

よほど慌てて出たのか、チーフは上着を脱いだシャツ一枚だ。春先とはいえまだ肌寒いこの時期には、いかにも薄着すぎる。それだけに、つい怪訝な顔をしてしまった。

「はい。幹事には早めに伝えておいたんですが」

「それは知ってるんだが、その……二次会の代わりにふたりで飲みに行かないかと」

「えー」

これは女の子三人分の、驚きがきれいに揃った声だ。正直すぎる反応に少々はらはらしながら、けれど千紘も同じくらい呆気に取られた。

「……す、みません、見ての通り迎えが来てくれたので、今回は」

「——っ、そ、うなのか。わかった。じゃあまた次の機会にでも……」

言いかけて尻すぼみになったのは、どうやら西宮を見つけたかららしい。追加で、固定されたまま動かない女の子たちの、まん丸になった目のせいもあるかもしれないが。

……佐山の退職以降、チーフの千紘への対応は大きく変わった。それも、一部では「豹変」と表現されるくらいに。

すれ違ったら必ず声をかけてくるし、千紘が個室から出なくなってからは自ら個室を訪れて、「困ったことはないか」と確認された。遠目の会釈にも、今はきちんとしたアクションがある。当初はあまりに意外だったらしく、チーフと千紘が言葉を交わしているだけで通りすがりのスタッフに二度見されていたほどだ。

とはいえ、「ふたりで飲み」となると話は別だ。千紘としては全力で避けたい。

佐山がいなくなったからといって、千紘の噂が消えるわけではないのだ。特に「コネの七光り」はここに勤める限り、否応なくついて回る。

噂を助長するのは社長や専務といった上層部だけで十分だ。この上、部署のトップにまで構われて、さらなる噂を呼びたくはない。

結局、チーフを含めた四人とは店を出る前に別れた。見送りを固辞できたことに安堵しながら、千紘は夜道の少し先を行く西宮を追いかける。

周囲はすっかり夜だ。とはいえ、会場となった居酒屋は駅前から続く飲み屋街の途中にあって、そこかしこでネオンサインが光っている。どことなく暖かそうなその光景とは裏腹に春はまだ浅く、通行人の多くはコートを羽織っていた。

「……駐車場の場所だけ、連絡してくれたら良かったのに」

肌寒さにコートの襟をかき寄せながら、そんな不満が口からこぼれていた。

前を行く西宮が、「は?」と怪訝そうな声を上げる。それへ、つい声を尖らせてしまった。

「何もわざわざ店まで来なくたって……おれだって、ちゃんと駐車場を探して行くくらい」

「何言ってんだか。あり得ないだろ」

「それ、どういう意味?」

「そっちこそ、どういう意味だ。俺といるのを見られたくなかったとでも?」

鋭い口調で言われて、思わず瞬いていた。

珍しく面倒臭そうに振り返った恋人のここ最近滅多にない不機嫌顔に、思わず言う。

「――意味、逆なんだけど」

「はあ?　逆ってどういう」

「だ、って、あの子たち、揃って士郎に見惚れてた!　おれの知り合いで、飲み会の迎えに来てくれるくらい親しいってバレた。だったらきっと近々、紹介してほしいとか彼女がいるのかとか訊かれる――」

「いや待て待てちょっとだけ待てっ」

慌てた声と重ねるように、手のひらで唇を覆われた。むぐ、と唸って上目で見上げた千紘を夜目にも赤い顔で見たかと思うと、肩に腕を回してくる。え、と思った時にはもう、西宮に引っ張られるように歩き出していた。

悪目立ちするのではと一瞬焦ったものの、場所を思えば酔っ払いに見えるはずだ。ほっと力を抜いて数分後、千紘はコインパーキングの一角に停まっていた紺色の車の助手席に、有無を言わさず押し込まれる。むっとしたまま黙って見る間に、シートベルトまで嵌められた。

運転席に回った西宮が、早々に車を出す。セット済みだったのか、すぐに始まったカーナビゲーションをＢＧＭにハンドルを操作し、大通りに車を合流させた。その後は、何となく揃って無言になる。

飲み会の会場からアパートまでは、車でおよそ三十分ほどだ。とはいえ道路事情によって変動はあるわけで、窓越しに見知った風景が映る頃にはすでにその時間をオーバーしていた。

「……夜の飲み屋街で、ひとり歩きなんかさせられるわけがあるか」

唐突に沈黙を破った言葉の、意味がわからず返す声が少々鋭くなった。

「何、それ。どういう」

「あんたなあ……自分が目立つって自覚はあるよな？」

「それは士郎も同じだろ。この前の同窓会以来、よく電話が来てるよね。女性、から」

「あー……比較的親しかったヤツに番号訊かれて答えただけなんだが、勝手に流されたんだろうな」

西宮のトラウマとも言える、高校時代の同窓会があったのはほんの十日前だ。幹事として届いた往復はがきの差出人は、例の千紘似の同級生だと訊いた。

西宮は当初参加する気がなかったらしく、そのはがきはダイレクトメールとまとめて放置されていた。見つけた千紘の問いに「行っても馬鹿にされて終わりだろ」と口にした彼は、過去に一度だけ参加した際にそのままの目に遭ったのだそうだ。

（何それ、許せない。絶っ対、見返してやる……！）

即決で、加世子宅にいた頃に描いたデザイン画のうちの一枚を作ることにしたのだ。

展示会前の、忙殺期だ。にもかかわらず完全に頭に血が上っていて、睡眠時間を削ってまで没頭していた。だから西宮の困った顔にも、彼が返信用はがきの「参加」にマルをして投函したことにも気づかなかった。

結果的に、千紘の思惑は叶った。午後に母校に集合しそこからほど近い担任の墓前参りを経て夕方から夜に飲み会というスケジュールにもかかわらず、西宮は宵の口にはアパートに帰ってきていた。

（飲んでも酒が不味《まず》そうだったしな。ああ、でも何か全員、俺を見て面白い顔してたぞ。その分、鬱陶しくもあったが）

その「鬱陶しかった」の中身がつまり、今になっても続く電話攻勢だ。内容は雑談だったりお茶や映画の誘いだったりとさまざまだけれど、「西宮と個人的に会いたい」という。

「それ自体腹が立つし、嫉妬だってするよ。いくら何でも勝手すぎる」

高校卒業以来、没交渉だったというからなおさらだ。どの面下げて連絡してくるのかと、呆れるよりむかついて仕方がない。

「あんたのそれは贔屓目だと思うんだが？　しつこく訊かれたのは服や髪のことだぞ」

西宮の声と前後して、車のエンジンが止まる。促されるまま車を降り、西宮についてアパートの階段をそろそろと上った。

外で話すのは憚られるもののこのまま別れる気にもなれなくて、千紘は西宮を自宅に誘う。コートを脱ぎ熱いお茶を用意して、まだ出したままの炬燵に揃って足を入れた。

「贔屓って、そんなものするに決まってるだろ。士郎、最近また感じ変わったし」

「はあ？　変わったってどこが」

「顔つきと、あと雰囲気が。悔しいけど前よりずっといいって、信くんが」

冷えた指先を湯呑みで温めながら言ったとたん、角を挟んで九十度の位置でお茶に口をつけていた西宮が吹いた。軽く咳き込み、口元を覆ったままで言う。

「――……ちょっと待て。あんたいつから信のこと名前で呼ぶようになった？　もとい、あいつと会ってんのか。いつから⁉」

「半月くらい前、士郎が留守の時に訪ねてきたのに鉢合わせた。それで、何となく」

「なんとなく……あー、ひとまずそれはいい。それより俺の何がどう変わったと？」

「格好よくなったよね。髪の毛切った時点でも雰囲気すごくよくなったけど、ここ最近……半月くらい？　で、すごく」

真面目な顔で力説したら、西宮は湯呑みを炬燵の上に置いたままで固まった。

「……俺は何も変わってないぞ。髪だって深里さんのところで頼んでるし、服もここしばらくは買ってない。ヒロに作ってもらいはしたが」

「表情が全然違うよ。感情が出るようになったし、……よく笑うようになった」

そもそも、高校時代の状況自体が理不尽なのだ。中学まで勉強一直線でまったく周囲を気にしていなかったという西宮が垢抜けていなかったのが事実としても、だから馬鹿にしていいわけがない。

人の顔は、使わなければ表情を失う。実際、初対面の頃には、西宮の笑顔など想像もつかなかった。

けれど、表情は使い始めれば戻ってくるのだ。似合う髪型に似合う服装で笑顔が戻ったら、印象は別人のように変わる。ここ半月の間、たまに西宮と出かけるたびに彼を見る女性が増えていると感じている。

「だからって『笑うな』とは言いたくないから、その……若い女の子がいる場所には来てほしくないな、って」

最後の一音を口にするなり、俯いてしまった。言う寸前までは当然の主張だと自信満々だったのに、言い終えたとたんとんでもなく恥ずかしい台詞だと感じるのはどうしてだ。

「――……あんた、さあ。前から思ってたけど、どうしてそうも反則……っ」

しばらくの沈黙の後、絞り出すように西宮が言う。直後、不意打ちで肘を引っ張られた。気がついた時には千紘は炬燵に入ったまま抱き寄せられ、顎を取られて呼吸を塞がれている。

「ン、……ちょ――っ」

抗議の途中で歯列を割られ、舌先を搦め捕られる。いきなりのことに反射的に押し返したはずの腕は、けれど続くキスに口の中をやんわりと宥められて霧散してしまった。気がついた時には、千紘は西宮の肩口に指を食い込ませるようにしてしがみついている。

「……しろ、」

長かったキスが離れていった後、もつれる舌でどうにか恋人の名を口にする。その下唇を、指先で拭われた。唾液を塗り広げるような動きにびくりと揺れた腰は強く抱き込まれたまま、唇から顎に移った指に顔を上げさせられて、今度は額に、眦にとキスをされる。

「ね、――どう、……っン、ぅ」

やっとのことで上げた声は、落ちてきたキスに飲み込まれた。先ほどとは違い、互いの唇をすり合わせるように撫でたかと思うと、舌先でざらりと歯列の裏を嘗められた。

西宮の肩口を摑んでいた指が、小刻みに震える。キスされているだけなのに勝手に力が抜け落ちて、今にもほどけて落ちそうになる。

もうキスには慣れたはずなのに、西宮の腕にも体温にも馴染んだつもりだったのに。そう思う端から、ちっとも慣れていないと――これからも慣れる気がしないと感じてしまう。ようやくキスが終わる頃には、千紘は完全に西宮に凭れかかってしまっていた。

「は、んそく……って、なに」

「俺がよく笑うようになった、って言うんだったら、それはヒロのおかげだから」

辛うじて発した問いに、笑みを含んだ声が返る。それが意外で、のろりと顔を上げていた。

「は、……え？　おれ？」

「そう」と頷いた西宮が、千紘の額に額を押しつけてくる。

またしても近くなった距離に、今さらのように顔に血が上った。そんな千紘をじっと見つめて、彼は目元を和らげる。

千紘が、一番好きな顔だ。荒削りなせいか無表情だとやたら鋭い印象になるのが、ふっと溶けたように柔らかくなる。真冬の日陰から、明るい日向に突然出た時のようなギャップがまたいいと、目にするたび何度も思ってしまう。

「だ、から……そういう顔、他人に見せるなって――見せたくないんだって、言っ……」

「ヒロだって、顔変わっただろ。誰にも見せたくないような顔、するようになった」

「だ、れにも、って」

言葉は、千紘の唇を押さえた指に遮られた。上唇を潰すように動いた指先が歯列を割って入ってくるのを許しながら、つい顰めっ面になってしまう。

「……さっきの、元の義理の兄貴で今の上司だっけ？　これまで何度飲みに誘われたんだよ」

「な、んどってそんなの、初めて、だし。面倒は避けたいから断り倒すつもりだけど」

「断れんのか？　上司なんだろ。……苗字じゃなく名前を呼んでたみたいだが」

台詞の最後で不機嫌になって睨んでくるのは何なのか。正直、とても困るのだが。

「公私の区別はつけて貰わないと困るから、週明けに抗議するよ。……やめてほしいとは前にも言ったんだけど、加世子さんや社長に対抗？　してるみたいで」

知らない間に認めてもらっていたことはありがたいけれど、それとこれとは話が別だ。思って、ついため息が出た。

「どうせ飲みに行くなら士郎と一緒がいい。まだ一度も外で飲んでないよね」

「あー、確かに。……うん、でもちょっと無理だな。外飲みはナシだ」

話す間にも、西宮の指は千紘の唇に触れたままだ。さすがに中をかき回すのはやめてくれたけれど、一向に離れる気配がない。

「……士郎？　無理って、何。ナシって」

呼びかけたタイミングで、またしても顎を捉えられる。ひょいと覗き込まれたかと思うと、今度は唇を齧られた。すぐに離れていったかと思うと、二度三度と繰り返し落ちてくる。

「今日の飲み会、ほとんど飲んでないんだろ？」

「……っ、ぁ、――う、ん。それでなくとも噂とか酷いのに、酔って失言したりつけ込まれたりするのも怖い、し」

「だったらやっぱり駄目だな。他のヤツに千紘の酔った顔を見せたくない。あんな可愛いの、知ってるのは俺だけでいい」

「え、……ちょ、何言っ……」

思いがけない言葉に、千紘は瞬く。ややあって、じわりと意味が見えてきた。またしても熱くなった顔を覗き込まれて固まっていると、吐息が触れる距離で西宮はにやりと笑う。

「俺だって、ヤキモチくらい焼くに決まってんだろ」

あとがき

おつきあいくださり、ありがとうございます。この文章を書いている如月某日、すでに年明けから半年ほど過ぎた心地になっている椎崎夕です。

あまりに突然寒くなったのと、本文修正中のタイミングにてとても炬燵が欲しくなり、危うく買いに行くところでした……。「買ったとしてどこで使うんだ」という住宅事情にて、寸前で踏みとどまった己を褒めてやりたい気分です。

でも炬燵、いいですよね。友人宅にて足を突っ込むと、「二度と出たくない」と決心しかけるくらいに誘惑が激しいです。

実は購入・使用しないのには裏の理由があって、「周囲に砦を築いて籠もりそう、いやきっと籠もる」と確信しているためだったりします。

作中で主人公が炬燵炬燵言ってるのは、きっと本音が出たからではなかろうか。と自己分析した昨今です。

まずは、挿絵をくださった八千代ハルさまに。

描写が少ない本文にてご迷惑をおかけしてしまい、申し訳ありません。にもかかわらず、イメージ通りのラフをいただいてとても嬉しかったです。本当にありがとうございます。そして担当さまにも、毎度お手数をおかけしてしまい申し訳ございません……。次はどうにか、と思っておりますので、今後ともよろしくお願いいたします。

末尾になりますが、この本を手に取ってくださった方々に。

ありがとうございました。少しでも楽しんでいただければ幸いです。

椎崎夕

✦初出　そんなはず、ない……………書き下ろし

椎崎 夕先生、八千代ハル先生へのお便り、本作品に関するご意見、ご感想などは
〒151-0051 東京都渋谷区千駄ヶ谷 4-9-7
幻冬舎コミックス　ルチル文庫「そんなはず、ない」係まで。

幻冬舎ルチル文庫

そんなはず、ない

2021年2月20日　　第1刷発行

✦著者	椎崎 夕　しいざき ゆう
✦発行人	石原正康
✦発行元	株式会社 幻冬舎コミックス 〒151-0051 東京都渋谷区千駄ヶ谷 4-9-7 電話 03(5411)6431[編集]
✦発売元	株式会社 幻冬舎 〒151-0051 東京都渋谷区千駄ヶ谷 4-9-7 電話 03(5411)6222[営業] 振替 00120-8-767643
✦印刷・製本所	中央精版印刷株式会社

✦検印廃止

ISBN978-4-344-84820-7　C0193　Printed in Japan

幻冬舎コミックスホームページ　https://www.gentosha-comics.net